Une assistante trop séduisante

1

Le jour où Hadley Moreau démissionna de son poste d'assistante de direction auprès de son patron milliardaire, elle portait du noir. Et le genre de tenue qui donne à une femme l'impression d'être invincible : un pantalon de smoking noir ajusté, des escarpins noirs à talons et un chemisier de soie noire avec une lavallière. L'impressionnant nœud qu'elle sentait sur sa gorge lui rappelait de ne pas trop en dire à son patron, de crainte qu'il tente de la faire changer d'avis.

— Qu'est-ce que c'est que ça ?

L'implacable, l'impossible Ronan Gerard regardait Hadley depuis son fauteuil semblable à un trône installé en bout de table, dans la salle des fondateurs de la Big Think Corp.

— Comme vous pouvez le voir, il s'agit d'une lettre de démission, dit Hadley d'une voix claire, en regardant le papier que Ronan serrait dans sa main.

Elle vit le regard de ce dernier se durcir, sa mâchoire se crisper. Son mécontentement était presque palpable et, pourtant, il ne desserra pas les lèvres. *Dites quelque chose !* pensa-t-elle. Car dès qu'il parlerait, elle pourrait lui répondre. Commencerait alors une joute verbale dont ils étaient coutumiers et qui désamorcerait un éventuel conflit.

Mais il y avait autant de chances d'entendre Ronan Gerard s'exprimer que de voir la Big Think Tower s'envoler !

Il pouvait tout de même lui poser cette question simple : « Pourquoi ? » Cela devait le tarauder, car il avait sûrement du mal à comprendre qu'une personne puisse choisir de ne pas travailler pour la Big Think Corp. Son entreprise était tout pour lui. C'était sa vie, sa passion, son obsession. Rien ne comptait davantage à ses yeux.

Hadley lui laissa un peu de temps pour répondre, car même s'il demeurait aussi immobile qu'une statue, elle savait, aux ombres qu'elle voyait passer dans son regard d'azur, qu'il bouillait intérieurement.

Après tout, elle s'était donné pour mission de comprendre les moindres secrets de cet homme, afin de pouvoir répondre à ses besoins avant même qu'il ne les ait exprimés. Mais la dureté de Ronan, son refus de s'adoucir ne serait-ce qu'un peu, n'était qu'une des raisons pour lesquelles elle désirait partir. Consciente qu'il ne prendrait pas la parole, Hadley redressa les épaules et regarda sa tablette – un prototype ultra-rapide développé par la Big Think Corp. et l'une des nombreuses choses qu'elle devrait laisser derrière elle.

— Je vous envoie un lien vers une agence de placement pour trouver ma remplaçante. Ils sont spécialisés dans les entreprises de pointe.

Elle leva les yeux pour voir si cela suscitait une réaction, mais son patron affichait une mine impénétrable. Elle poursuivit néanmoins.

— Comme je l'ai indiqué dans ma lettre, je vous offre un généreux préavis de huit semaines : les quatre premières pour terminer les tâches en cours et former votre nouvelle assistante. Les quatre suivantes, si vous le désirez, je pourrai gérer en tant que *free-lance* l'organisation du bal annuel de la Big Think Corp., et la mener à son terme. J'ai indiqué un montant d'honoraires que j'estime adapté pour cette prestation.

Soudain, Ronan se leva, lentement. Dans son costume sur mesure, il était impressionnant, et il repoussa son fauteuil avec un calme qui lui fit redouter le pire. La gorge serrée, elle attendit. S'il essayait de négocier, d'obtenir plus de temps ou une compensation moindre pour son travail, elle était prête à se battre. En fait, un bon débat faciliterait grandement les choses. Leurs désaccords étaient toujours fructueux, véritables soupapes de décompression qui empêchaient les choses d'aller trop loin.

Hélas, il resta silencieux, se contentant de faire le tour de son bureau. Lentement, il posa les yeux sur elle, le papier toujours serré dans son poing. S'il pensait que cela pourrait la faire vaciller, la faire reculer, il se trompait lourdement ! Elle tint bon et soutint son regard, tout en énumérant dans sa tête la foule de raisons pour lesquelles elle ne pouvait plus travailler pour cet homme – celles qu'elle admettait volontiers, et celles qu'elle n'admettrait jamais.

Jusqu'à ce qu'elle remarque le nœud irrégulier de sa cravate. L'homme, malgré ses multiples compétences, n'avait jamais maîtrisé ce point. Comme toujours, elle eut envie de s'avancer vers lui pour arranger ça mais, au lieu de s'exécuter, elle toucha du pouce le minuscule tatouage semblable à un fil noir qui entourait comme une bague son annulaire droit. Son talisman, qui lui rappelait qu'elle devait toujours se fier à son instinct. Un instinct qui lui soufflait qu'il était temps de passer à autre chose.

Ronan remarqua son geste et s'arrêta pour regarder sa

main. Tout comme sa manière de fonctionner n'avait aucun secret pour elle depuis toutes ces années, il avait appris à la connaître aussi, malgré toutes les mesures qu'elle avait mises en place pour se protéger. Son regard bleu se posa sur le sien et s'y fixa, tandis qu'il levait un sourcil interrogateur, comme pour l'inciter à dévoiler le fond de sa pensée.

Et si elle lui énumérait toutes les raisons qui la poussaient à partir ? Cela effacerait ce sourire arrogant de son visage qui, en soi, était presque suffisant pour lui donner envie de démissionner. Mais elle ne ferait pas ça. Car si Ronan Gerard était têtu, Hadley l'était davantage encore.

Seulement, s'il était têtu par « naissance », lui qui avait vu le jour dans une famille aisée et à qui on n'avait jamais dit non, elle l'était pour des raisons opposées : c'était à la rude école de la vie qu'elle avait appris à se battre, à résister. Certes, travailler pour une entreprise prospère lui avait donné le goût et les moyens de s'offrir plus que le nécessaire mais, au fond, elle restait la gamine bagarreuse qui avait grandi en dormant dans la voiture de sa mère ou chez son petit ami du moment. Comme ces souvenirs remontaient à sa mémoire, Hadley saisit sa tablette à deux mains, et se força à regarder son patron qui continuait à faire les cent pas dans la pièce. Nul ne dit mot jusqu'à ce qu'il s'arrête.

— Vous voulez vraiment partir ? demanda-t-il enfin.

Sa voix grave la pénétra tel un brouillard glacial, et elle eut bien du mal à ne pas frissonner.

— Vous me quittez vraiment ?

Frappée par la note de tristesse mêlée d'incrédulité qui perçait dans son ton, elle leva les yeux et leurs regards se trouvèrent. L'espace d'un instant, elle eut l'impression qu'il faisait en accéléré le bilan de leur collaboration, tout comme elle, et se demandait ce qu'il y avait encore à sauver. Mais pour sa part, elle avait fait le tour de la question, et elle dut faire appel à toute sa sagesse pour répondre d'un ton qu'elle espérait neutre :

— Je ne vous quitte pas, Ronan. Je démissionne. De mon travail.

Un muscle se contracta sur la joue de son patron et elle pensa qu'elle le tenait peut-être. Que la carapace qu'il portait comme une seconde peau était sur le point de se fissurer. Mais il expira lentement, relâchant la tension de sa mâchoire, puis glissa ses mains dans ses poches et s'adossa au bureau. Comme s'il avait dit tout ce qu'il avait à dire, comme si ces sept dernières années n'avaient pas existé. Et la tension latente entre eux ne fit que croître jusqu'à ce qu'Hadley, n'y tenant plus, reprenne la parole.

— Très bien. Si nous en avons terminé, je vais passer aux ressources humaines pour déposer mon courrier officiel et mettre en place les prochaines étapes.

Hadley se leva, rangea sa tablette puis, pour ne pas passer le reste de la journée à y penser, s'avança vers son patron et refit correctement son nœud de cravate. Comme son genou heurtait le sien, elle sentit une étrange chaleur l'envahir et serra le nœud un peu plus que nécessaire.

— C'est mieux, comme ça ? demanda Ronan, en effleurant la soie du doigt.

— Beaucoup mieux, affirma-t-elle.

Puis, avec un dernier regard, elle pivota sur ses talons, sortit de la pièce et referma la porte derrière elle, à peine plus fort que d'habitude.

Décidément, songea Ronan, sa journée avait pourtant commencé sous les meilleurs auspices ! D'abord, il avait reçu un courriel de Paris l'informant qu'il avait remporté un prix international qui récompensait les avancées de son entreprise en matière d'énergies renouvelables et de lutte contre les maladies. Quelle ironie pour le fils d'un homme qui avait fait fortune dans le pétrole et le charbon ! En plus d'être une satisfaction personnelle, cette récompense lui permettrait peut-être de convaincre Holt Waverly, le plus célèbre éleveur de bétail du pays, d'entrer dans le giron de la Big Think Corp. C'était l'une des personnalités les plus influentes et les plus populaires d'Australie, mais il était réputé prudent, voire méfiant, en affaires.

Bien que Waverly soit intouchable, Ronan voulait à tout prix qu'il vienne allonger la liste des bienfaiteurs et des soutiens de son entreprise. Pourtant, tous ses appels téléphoniques, toutes ses demandes de rendez-vous avaient jusqu'à présent échoué à s'attirer ses faveurs, et Ronan cherchait une autre façon de toucher la corde sensible de ce père de trois filles, qu'il tentait déjà de toucher lorsque Hadley était arrivée à la Big Think Corp...

Sa grande mèche noire qui lui barrait le front, ses lèvres peintes en rouge à la manière de Greta Garbo semblaient tenir ses interlocuteurs en respect. Dire que cette femme l'avait impressionné dès le premier regard serait un euphémisme. Tous les jours pendant plusieurs années, il avait lutté contre l'élan qui la poussait vers elle. Mais il avait appris à gérer la situation, au prix d'une lutte de chaque instant et d'une vigilance constante. Et c'était une nécessité, car Hadley était une arme – son arme. C'était du moins ce qu'il avait toujours pensé jusqu'à ce matin, lorsqu'elle avait lâché sa bombe.

Elle lui avait remis sa démission !

Une fois le choc passé, il tenta de comprendre ce qui avait bien pu la pousser à partir, afin de pouvoir y remédier. Il avait l'habitude de trouver des solutions, de mettre de l'ordre là où régnait le désordre. Pour cela, il avait besoin d'Hadley. Et il finissait toujours par arriver à ses fins.

— La Terre à Ronan ? Hé ! Gerard !

Tiré de ses réflexions par une voix familière, Ronan revient à l'instant présent et leva les yeux sur ses associés, Ted Fincher et Sawyer Mahoney, assis à leur place habituelle dans la salle des fondateurs de la Big Think Corp. Ted était installé dans le vieux fauteuil usé de son père, et Sawyer assis à califourchon sur une chaise. Cette pièce n'était pas le temple de la pensée, de la créativité – le genre d'endroit qui aurait pu inspirer Aristote ou Léonard de Vinci – qu'il avait imaginé lorsque la Big Think Tower n'en était encore qu'à ses balbutiements. Cet endroit où de brillants esprits prenaient des décisions qui changeaient le monde, et où l'on gagnait et dépensait des milliards, ressemblait davantage au dortoir d'étudiants où s'étaient rencontrés les trois fondateurs de la multinationale. La preuve, peut-être, que Ronan n'arrivait pas toujours à ses fins.

— Est-ce qu'il a seulement entendu un mot de ce qu'on a dit ? grommela Sawyer, en jetant un coup d'œil à Ted, qui saisit une balle sur la table et commença à jongler avec sa main gauche.

Oubliant pour l'instant la nouvelle qu'il venait d'apprendre, Ronan dit :

— Bon, la journée a été longue, alors je vous propose d'en venir au fait...

— Nous attendons Hadley, répondit Ted.

Hadley...

Qu'est-ce qu'il avait bien pu se passer pour qu'elle veuille partir ? C'était une battante, et elle n'hésitait jamais à dire ce qu'elle avait à dire. Si elle avait un problème, elle le faisait savoir. C'était en grande partie pour cela qu'elle s'était si bien intégrée. Ici, on n'avait pas de temps à perdre en politesses ou en hésitations.

Hadley faisait partie de la Big Think Corp. depuis toujours, ou presque. Son extraordinaire capacité à donner vie aux idées les plus folles faisait partie de l'ADN de l'entreprise. Certes, ils passaient beaucoup de temps, tous les deux, à s'envoyer des piques, mais cela faisait partie de l'énergie, de la force qui les animait.

Chaque jour, elle lui rappelait sa mission : faire mieux. Donner le meilleur de lui-même. Alors, qu'est-ce qui avait bien pu se passer ?

Ronan disait toujours qu'elle se considérait comme un garde du corps, un molosse prêt à mordre quiconque tenterait de pénétrer dans leur sanctuaire. Maintenant, il se demandait si elle n'avait pas un pied dehors depuis le début. Grondant à nouveau, cette fois contre lui-même, Ronan lança :

— Non, on commence ?

— Mais c'est Hadley qui a l'ordre du jour ! rappela Ted.

Ronan regarda son ordinateur portable et comprit que son ami avait raison. Il étouffa un rire amer.

— Ça va ? demanda Sawyer en penchant la tête vers lui, comme s'il se rendait soudain compte qu'il n'était pas simplement distrait, comme d'habitude, mais qu'il y avait sans doute autre chose qui le contrariait.

— Super ! rétorqua-t-il.

Puis il ferma les yeux pour chasser son mal de tête qui se faisait de plus en plus lancinant.

— Tu es sûr ? demanda Sawyer. Parce qu'on dirait que tu viens d'apprendre que Wall Street s'est effondré. Ou que Tom Ford a cessé de dessiner des costumes.

Il fallait qu'il leur dise. Car si Hadley était son assistante, les autres s'appuyaient constamment sur elle et l'avaient adoptée depuis longtemps.

Non. En vérité, Hadley travaillait officiellement pour lui seul, en tant qu'assistante de direction, mais elle ne lui appartenait pas. Elle était son bras droit, son plus fidèle lieutenant, sa garde rapprochée. Et si elle partait... Sa poitrine se serra, comme la terre qui tremble avant l'éruption d'un volcan. Non, la Big Think Corp. n'était pas sur le point d'exploser se dit-il pour se rassurer.

— Hadley n'est pas là car elle m'a remis ce matin une lettre de démission. Cela ne vous concerne pas. Je m'en occupe.

— Pardon ? intervint Sawyer. Tu viens de dire qu'Hadley a démissionné ?

Ronan hocha la tête.

— Elle a démissionné ? répéta Ted, aussi stupéfait que son ami.

— Pourquoi ? demanda Sawyer. A-t-elle été contactée par un chasseur de têtes ? Si c'est le cas, on peut s'en occuper.

— Ce n'est pas cela. Des gens ont essayé de la débaucher, pendant des années. Je les ai tous court-circuités, en m'alignant sur leurs offres, en les dépassant même.

— Bien sûr ! Tu es l'invincible Ronan Gerard !

— Alors pourquoi ? insista Ted.

Ronan ne répondit pas à cette question. Car il ne connaissait pas la réponse. Avait-il instinctivement deviné qu'elle lui déplairait ?

— Quelle est la durée de son préavis ? reprit Ted. Avons-nous encore le temps de la faire changer d'avis ?

— Que stipule son contrat ? ajouta Sawyer.

Cela, Ronan le savait, et ce n'était pas une bonne nouvelle. Il aurait volontiers tergiversé, mais il ne s'en sentait pas le droit.

— Il n'y a pas de contrat, déclara-t-il, et il n'y en a jamais eu.

Penché en avant, Sawyer posa soigneusement sa balle sur le bureau.

— Comment ça, pas de contrat ? On ne se tape pas dans la main, ici ! On établit des contrats en bonne et due forme et on les fait relire par nos avocats ! C'est toi-même qui as énoncé cette règle d'or.

Un nerf palpita sous l'œil droit de Ronan. Sawyer avait raison, bien sûr. Mais la façon dont Hadley et lui en étaient venus à travailler ensemble était si… inhabituelle qu'il lui avait semblé préférable de s'affranchir de certaines règles. Et il n'avait jamais regretté ce choix. Pas un instant. Aujourd'hui, cela lui apparaissait comme la pire erreur de jugement de toute sa vie.

— Pour répondre à la question de Ted, Hadley a donné un préavis de huit semaines et a accepté de former sa remplaçante.

Sawyer secoua la tête.

— Dans le monde, les Sawyer sont aisément remplaçables. Des Ronan, des Ted, il y en a treize à la douzaine. Mais il n'y a qu'une seule Hadley Moreau !

— Tu crois que je ne le sais pas ? gronda Ronan.

Il était furieux contre lui-même. Car il savait que son

ami avait raison. Hadley était tout à fait unique. Si elle avait réussi à décrocher ce job tant convoité, c'était grâce à son travail, et à une intelligence hors du commun doublée d'une redoutable ténacité. Tel un Terminator, elle pouvait mordre la poussière et se relever plus forte encore qu'avant pour repartir au combat. Elle n'avait pas sa pareille pour apaiser des échanges parfois houleux, et gérer son agenda de ministre.

Une bouffée de stress l'envahit lorsqu'il essaya d'imaginer quelqu'un d'autre en train de se pencher vers lui pour refaire son nœud de cravate, comme elle l'avait fait ce matin encore : impossible. Une journée à la Big Think Corp. sans Hadley, sans sa capacité à faire avancer les choses, sans son éthique de travail irréprochable, lui paraissait inconcevable. Comment la retenir ? Une augmentation du temps libre, un contrat en or, une île aux Bahamas ? La vérité, c'était que Ronan ne reculerait devant rien pour la faire changer d'avis.

Soudain, la brume qui lui embrouillait l'esprit se dissipa, et il s'adressa à ses associés.

— Rassurez-vous, je n'ai pas dit mon dernier mot. Mais il faut aller de l'avant, maintenant. Je vous rappelle que nous avons une entreprise à diriger. Une entreprise qui est plus importante que chacun d'entre nous.

Ted avait l'air inquiet, Sawyer compatissant, mais Ronan refusait de s'apitoyer sur son sort.

— Oublions l'ordre du jour. Sawyer, tu voulais faire un point sur les centres de physiothérapie, non ? Vas-y.

Sawyer l'observa quelques instants d'un air perplexe, puis son enthousiasme reprit le dessus et il parla du projet qui lui tenait le plus à cœur. Ensuite, Ted se montra très optimiste au sujet d'un nouveau vaccin contre le virus d'Epstein-Barr

– qui favorisait l'apparition de certains cancers –, désormais prêt à être testé.

Pendant tout ce temps, le regard de Ronan ne cessa de se poser sur la porte. Alors qu'il avait du mal à imaginer remplacer Hadley, il n'avait aucune difficulté à se la représenter debout à sa place habituelle, sa tablette à la main. Comme d'habitude, son regard trouvait le sien et le soutenait un peu plus longtemps que nécessaire. Ses yeux noirs lui transperçaient l'âme.

En baissant les yeux, Ronan découvrit que sa main était posée sur le papier qu'elle lui avait donné. Il prit une profonde inspiration et crut sentir des effluves de son parfum s'élever vers lui, envahir ses narines… L'entraîner dans sa chute.

— Je peux donc dire à Adelaïde que tu seras des nôtres le soir de Noël ?

Ronan revint à la réalité, tandis que Sawyer disait :

— Croisons les doigts. Petra vient d'accepter d'organiser une exposition à New York, mais elle sera de retour juste avant Noël.

Quelques jours avant le bal de la Big Think Corp. qui avait lieu la veille du nouvel an. Après quoi Hadley serait partie pour toujours, s'il ne trouvait pas un moyen de la faire rester.

— Ronan ? Es-tu d'accord pour dîner chez Ted et Adelaïde ? Ou es-tu pris pour le réveillon de Noël ?

Sawyer le croyait sans doute occupé avec sa famille, et en effet il essaierait de trouver du temps pour voir sa mère avant les vacances. Quant à son père, il pouvait bien aller en enfer ! Sa vraie famille, c'étaient ses amis, pas celle dans laquelle il était né.

— Ajoutez cela à mon agenda, dit machinalement Ronan,

avant de se rendre compte qu'il n'y avait plus personne pour le faire à sa place.

Il serra les dents, si fort qu'il se fit mal. Impossible ! Hadley pouvait remplir tous les formulaires qu'elle voulait auprès des ressources humaines, il ne la laisserait pas partir !

Devant la Cage dorée, Hadley attendait l'équipe qu'elle avait engagée pour l'aider à transformer cette boîte de nuit branchée en un espace événementiel où l'on pourrait organiser des déjeuners d'affaires ou des thés dansants. C'était un travail qu'elle aurait pu facilement sous-traiter, mais la Cage dorée était l'une des propriétés les plus chères au cœur des fondateurs de la Big Think Corp. Sawyer et Petra s'y étaient fiancés – deux fois.

De plus, elle avait besoin de sortir du bureau. Plus le temps passait, plus Ronan gardait le silence, refusant même de la regarder, plus il y avait de risque qu'elle change d'avis. Or elle avait conclu un marché avec elle-même lorsqu'elle était venue le voir, il y a des années, pour lui demander un emploi : un an, pas plus. Elle se donnait un an pour apprendre tout ce qu'elle pouvait apprendre, après quoi elle tenterait de voler de ses propres ailes et de créer ses opportunités, sans plus jamais rien devoir à personne.

Elle ne s'attendait pas à adorer ce job, à apprécier le rythme et la pression, ni à avoir la chance de se voir proposer un salaire aussi confortable. Pas plus qu'elle ne pensait rencontrer un homme comme Ronan. Son intelligence, son éthique de travail, son caractère intraitable – qui n'était pas sans rappeler le sien – l'avaient impressionnée. Et elle était restée, rompant pour la première et unique fois une promesse qu'elle s'était faite à elle-même. Mais on ne l'y reprendrait plus !

Lorsque son téléphone sonna, Hadley sursauta. C'était la femme de Sawyer, Petra.

— Bonjour, Petra, comment ça va ?

— Bien, merci. Dis-moi, je viens de parler à Sawyer qui m'a dit que tu voulais quitter la Big Think Corp. ?

Hadley se passa la main dans les cheveux. Elle n'avait pas pensé à la vitesse de propagation des informations au sein du réseau de l'entreprise… Elle aurait aimé annoncer elle-même la nouvelle à Petra et à Adelaïde, la femme de Ted, car au cours des deux dernières années, elles étaient devenues amies.

— Dis-moi que ce n'est pas vrai ! gémit Petra.

— Si, c'est vrai, confirma Hadley. J'ai remis à Ronan ma lettre de démission ce matin.

— Tu lui as remis une vraie lettre de démission ? ironisa Petra. Et tu es encore là pour en parler ?

— Oui.

— Waouh ! Je t'ai toujours trouvée géniale, mais là franchement je suis impressionnée. Quel courage !

Hadley éclata de rire, ce qui était plutôt inattendu, car elle était encore tendue comme un arc. Son amitié avec Petra et Adelaïde avait été la meilleure surprise que lui avait réservé la Big Think Corp. Encore une chose à laquelle elle devrait renoncer, songea-t-elle, la gorge nouée.

— Et alors ? Il a craqué ? demanda Petra. S'est-il jeté à tes genoux en te suppliant de rester car il ne pouvait pas travailler sans toi ou a-t-il joué les patrons blasés, au contraire ?

— Ni l'un ni l'autre, je dirais. Il est resté stoïque et n'a pas insisté.

Ronan à l'état pur – illisible, impénétrable, impossible.

— Quoi ? Il t'a laissée partir ? demanda Petra, incrédule. Sans rien faire ?

Hadley se dirigea vers l'escalier afin de ne pas bloquer l'entrée de la Cage dorée.

— Il n'y a rien à faire. J'ai présenté ma démission en bonne et due forme et donné un préavis suffisant. C'est tout.

— Attends... dit Petra. J'ai Adelaïde en ligne. Je l'ajoute à notre appel pour qu'on puisse discuter à trois !

Après quelques bips, elle poursuivit :

— Adelaïde, tu ne vas pas croire ce qu'Hadley vient de faire ! dit Petra.

La ligne se brouilla, puis Hadley entendit un cri.

— Vraiment ? Oh ! c'est merveilleux ! Et il était temps ! lança Adelaïde. Alors, c'était comment ?

Hadley comprit tardivement le malentendu. Elle ne savait pas ce que Petra lui avait dit, mais Adelaïde paraissait certaine qu'elle et Ronan avaient...

Le cœur battant la chamade, elle répliqua :

— Non ! Tu te trompes complètement. Nous n'avons pas... Je... il n'aurait jamais...

Petra vint à sa rescousse :

— Hadley a démissionné.

Adélaïde marqua une longue pause, puis demanda :

— De la Big Think Corp. ? Mais... la Big Think Corp., c'est toi ! lança-t-elle. La première fois que je suis entrée dans cette tour, je t'ai vue, super glamour comme toujours, dans le grand hall. J'étais impressionnée, et tu m'as rassurée. J'aurais pu t'embrasser !

Sans le vouloir, Adelaïde avait touché un point sensible, et Hadley déglutit avec peine. Il lui avait fallu des années pour se sentir à sa place à la Big Think Corp. Elle avait dû faire preuve de toute sa détermination pour se faire accepter dans cette entreprise dominée par des hommes. L'ironie du sort c'est que, maintenant qu'elle avait enfin pris conscience de sa vraie valeur, il fallait qu'elle parte. Parce que la vie n'était pas juste, elle le savait depuis toujours, elle qui n'était pas vraiment née du bon côté de la barrière.

— Comment Ronan l'a-t-il pris ? demanda Adelaïde. Il t'a suppliée de rester ? Proposé une augmentation mirobolante ?

— Il n'a même pas essayé de la dissuader, murmura Petra.

Adelaïde semblait consternée.

— C'est vrai ? Il aurait besoin d'être un peu secoué, je trouve !

Hadley ne pouvait qu'approuver. Au fil des ans, elle avait eu envie de se mettre en colère contre lui, de le frapper, même... Elle avait cherché en vain à atteindre cet homme, à lui montrer ce qui, pourtant, crevait les yeux. Était-ce pour provoquer enfin une réaction de sa part qu'elle avait démissionné ? Pour qu'il se réveille enfin ? Si tel était le cas, elle avait lamentablement échoué.

— Tu sais quoi ? reprit Petra. Je te parie dix dollars qu'il est en ce moment même dans sa tanière, en train d'échafauder des plans pour t'inciter à rester. Je l'imagine même en train de caresser un chat blanc...

Adélaïde éclata de rire.

— Je le vois bien, moi aussi ! Il présente toutes les caractéristiques des méchants des films de James Bond !

Tandis que ses deux amies rivalisaient de blagues au sujet de son patron – ou plutôt ex-patron –, Hadley se dit qu'elles avaient un peu raison... mais pas complètement. C'était le grand paradoxe de Ronan Gerard. Il pouvait se montrer intraitable, voire cruel, mais sous son apparence énigmatique ses motivations étaient pures. Ronan savait très bien qu'il aurait été facile de marcher dans les pas de son père. Constantin Gerard avait fait fortune en considérant que les règles du monde des affaires étaient destinées aux autres.

Pourtant, Ronan avait pris la décision délibérée d'utiliser son argent et son influence pour changer réellement le monde. La Big Think Corp. était un véritable laboratoire d'idées novatrices et investissait dans la recherche médicale, les énergies renouvelables et la lutte contre la pauvreté, plus que n'importe quel autre groupe privé du pays. Pourtant, le souvenir des agissements de son père poussait Ronan à faire toujours mieux, à tel point qu'Hadley se demandait s'il pourrait un jour se regarder dans le miroir et se dire : « Ça suffit, maintenant. J'ai fait mes preuves. » S'il parviendrait un jour à vaincre les démons qui le hantaient.

Malheureusement pour elle, c'était sa part d'ombre qui la fascinait chez lui, car elle faisait écho à ses propres tourments, aux secrets qu'elle gardait au plus profond d'elle-même.

Ajoutez à cela qu'il était très séduisant, avec sa silhouette athlétique et ses yeux outremer, et le savait. Comment, dans ces conditions, aurait-elle pu ne pas tomber complètement, follement, douloureusement amoureuse de cet homme ?

Mais peut-être n'était-ce pas de l'amour, se dit-elle. Peut-être s'agissait-il de sa part d'une tendance à l'autodestruction – cette douleur lancinante, ces rêves fous qui la laissaient tremblante, en nage, épuisée…

Chaque fois qu'elle se trouvait dans la même pièce que lui, son cœur s'emballait, son sang s'échauffait, et c'était un miracle qu'elle n'ait pas jeté sa carrière et son amour-propre par-dessus les moulins pour pouvoir lui appartenir, juste une fois… Après tout, c'était ainsi que sa mère avait vécu, cherchant toute sa vie celui qu'elle croyait chaque fois être « le bon ».

Mais maintenant, les choses semblaient se précipiter. Depuis qu'Adelaïde avait volé le cœur du brillant Ted – et que Petra avait enfin compris qu'elle tenait celui de Sawyer entre ses mains depuis des années – la dynamique de la Big Think Corp. avait changé du jour au lendemain ou presque.

Ronan était seul, désormais, à considérer l'entreprise comme sa raison d'être. Et, bien qu'il répugne à l'admettre, il avait du mal à faire face. Il travaillait de plus en plus, et elle faisait de même, contribuant ainsi à faire grandir l'attirance entre eux. Comme si, alors que Sawyer et Ted se faisaient moins présents, leur relation professionnelle avait atteint le point de rupture. Or elle n'avait aucune intention de craquer, ni pour lui ni pour personne. Elle n'avait d'autre choix que de faire ce que sa mère n'avait jamais réussi à faire : prendre ses distances.

Son téléphone sonna et, en vérifiant son écran, elle vit qu'il s'agissait de l'entrepreneur avec qui elle avait rendez-vous. En levant les yeux, elle l'aperçut qui remontait la rue à sa rencontre. Elle lui répondit par un signe de la main.

— Je dois vous laisser, dit-elle à ses amies. Le travail m'appelle.

— Même maintenant tu es au top ! dit Adelaïde en soupirant. Tu es mon idole.

— À partir de maintenant, sache que nous te soutenons et nous t'aimons. Quoi qu'il arrive, renchérit Petra.

— Merci, fit Hadley, émue aux larmes.

Petra et Adelaïde raccrochèrent toutes les deux, laissant Hadley chancelante sur ses hauts talons. Elle se ressaisit en saluant l'entrepreneur, mais tandis qu'elle lui faisait visiter les lieux, les paroles d'Adelaïde, persuadée qu'elle avait cédé aux avances de son patron, tournaient en boucle dans sa tête. Petra et Adelaïde s'étaient toutes deux enquises de la réaction de Ronan, s'attendant à ce qu'elle soit spectaculaire. Mais ni l'une ni l'autre ne lui avait demandé pourquoi elle partait. Était-il possible qu'elles le sachent déjà et l'aient même su avant elle ? Que tout le monde le sache, y compris Ronan ?

— Hadley ?

Ramenée à l'instant présent, Hadley secoua la tête et se concentra sur ce que lui proposait son interlocuteur, désireux d'effectuer des travaux perturbant le moins possible les activités de l'entreprise. Elle savait qu'elle devait être à cent pour cent à partir d'aujourd'hui pour accomplir tout ce qu'il lui restait à faire. Avant de quitter la Big Think Corp. – et Ronan – pour toujours.

2

Hadley arriva un peu en retard à la réunion des fondateurs de la Big Think Corp. dans l'espoir de pouvoir dérouler l'ordre du jour, puis de s'éclipser pour s'atteler à la montagne de travail qu'elle devait abattre au cours des trois semaines et demie à venir. De plus, elle avait réussi à ne pas se retrouver seule avec Ronan depuis l'annonce de son départ, et elle se demandait s'il ne l'évitait pas, lui aussi. Pourquoi ?

L'esprit en ébullition, Hadley ne remarqua pas que la pièce était vide avant d'y entrer. Elle consulta sa montre. S'était-elle trompée d'heure ? Ou bien la réunion s'était-elle déroulée sans elle ? Même si ce serait bientôt le cas, l'idée même que Ronan ait pu...

— Hadley...

Hadley se retourna.

— Ronan... dit-elle dans un souffle.

Il était debout dans l'embrasure de la porte, là où elle se tenait d'habitude pendant leurs réunions – jamais tout à fait dedans, jamais tout à fait dehors. Et son imposante silhouette lui fit presque peur. Sa première erreur fut de ne pas s'éloigner aussitôt. Et sa seconde erreur fut de lever les yeux vers lui. Car il était proche, dangereusement proche. Assez pour qu'elle distingue nettement ses sourcils froncés, sa barbe de trois jours, son profil dur. Assez pour sentir les notes subtiles de son après-rasage. Cette proximité n'était pas rare, car ils travaillaient tout le temps ensemble, au bureau mais aussi en avion, en voiture, au restaurant...

Elle avait trouvé le moyen de protéger son espace privé, tout en continuant à servir de son mieux l'entreprise. Mais aujourd'hui, c'était différent. Comme si, depuis sa démission, sa relation avec son patron avait changé. Il y avait de l'électricité dans l'air, et elle avait le sentiment que tout pouvait basculer à tout moment.

— Hadley, répéta-t-il, d'un ton radouci.

— Oui ?

— Est-ce qu'on peut...

— Attention ! dit une voix derrière Ronan.

Ronan fit un pas vers elle, comblant l'espace qui les séparait. Puis il posa les mains sur ses épaules et la poussa contre le mur tandis que Sawyer, avec son énergie de grand sportif, entrait en trombe dans la pièce, manquant les bousculer tous deux. Sa poitrine frôla un instant la sienne, puis il la lâcha pour suivre Sawyer, à qui il demanda des nouvelles de Petra et de leurs projets new-yorkais, laissant Hadley les joues rougies, et le cœur battant à tout rompre.

Il lui fallut trois bonnes secondes pour se ressaisir et constater qu'elle tremblait, non pas de surprise, mais de désir. Car, malgré la rapidité du geste, elle aurait parié que Ronan Gerard avait profité de l'occasion pour humer ses cheveux. *Mais non, voyons !* se morigéna-t-elle en se recoiffant machinalement, c'était ridicule !

Elle faisait de la projection pure et simple, se dit-elle, attribuant à Ronan les sentiments qu'elle-même éprouvait. Or cela n'avait conduit qu'à une chose : la mettre dans une position intenable et la forcer à renoncer au meilleur job qu'elle avait jamais eu pour sauver son cœur trop fragile !

Hadley leva les yeux lorsque Ted entra dans la pièce, et elle eut l'impression qu'il l'interrogeait du regard : avait-elle changé d'avis ? Alors que Sawyer et Ted avaient pris la peine de lui demander s'ils pouvaient faire quelque chose pour qu'elle reste, avant de la serrer dans leurs bras et de lui souhaiter le meilleur quand ils avaient compris qu'elle ne reviendrait pas sur sa décision, Ronan, lui, s'était abstenu.

Tandis que Ted se dirigeait vers sa chaise habituelle, Hadley s'efforça de feindre une indifférence froide, même si, au plus profond d'elle-même, la tristesse et le dépit menaçaient d'avoir raison de sa détermination. Elle aurait forcément du mal à se détacher de cet endroit, songea-t-elle, ce qui était naturel. De Ronan et de la place qu'il occupait dans sa vie quotidienne, aussi. Jusqu'au jour où, enfin, les liens se distendraient et où elle se retrouverait libre, mais seule et sans attaches. Elle connaissait bien la solitude, et cela ne lui faisait pas peur.

— Hadley, appela Ronan, qu'y a-t-il à l'ordre du jour ?

C'était comme si rien ne s'était passé entre eux, quelques instants plus tôt.

Comme d'habitude, Hadley consulta l'agenda sur sa tablette, puis, après un instant d'hésitation, elle passa directement au sujet qui l'intéressait.

— Le grand bal...

C'était ainsi qu'elle avait rebaptisé le gala de fin d'année organisé par la Big Think Corp. pour lever des fonds et soutenir des bonnes causes. C'était le bébé d'Hadley, la première grande idée qu'elle avait lancée après avoir rejoint la société. Ayant travaillé dans le secteur de l'hôtellerie depuis l'âge de seize ans, c'était un domaine qu'elle connaissait mieux que les hommes pour lesquels elle travaillait. C'était également, pour la Big Think Corp., le plus grand événement de l'année, et il faisait couler plus d'encre que les campagnes de vaccination gratuites ou le brevetage d'un nouveau moteur électrique…

Lorsqu'elle avait abordé pour la première fois le sujet d'un événement caritatif avec Ronan, environ un an après avoir commencé à travailler avec lui, elle s'était préparée à un « non » sans appel. Car il n'hésitait pas, si quelque chose ne correspondait pas à sa vision, à le rejeter sans explication. Mais cette fois-ci il ne lui avait fallu qu'une seconde de réflexion pour dire « Oui, allez-y », comme s'il s'était attendu à sa demande. Elle aurait pu tomber amoureuse de lui, à cet instant-là !

Ronan fit un signe de la main, comme pour valider le sujet qu'elle avait choisi, et elle regarda les autres avant de poser de nouveau les yeux sur sa tablette.

— Plusieurs semaines nous séparent encore de la date du bal. Le thème est fixé. Cette année, il s'agit du *Magicien d'Oz*, la comédie musicale préférée des Australiens. Nous avons réussi un coup magistral en obtenant que son distributeur joue les maîtres de cérémonie. Les tables ont été vendues dans les minutes qui ont suivi la mise en ligne de l'événement. Mon objectif n'est pas seulement d'égaler notre record de fonds collectés lors des précédentes éditions la soirée, mais de le pulvériser !

Elle leva les yeux pour découvrir Sawyer qui jonglait avec une balle, et Ted qui regardait par la fenêtre. Elle aurait volontiers pu les étrangler tous les trois ! Ils étaient brillants, chacun dans son domaine. Mais, comme c'était souvent le cas avec ce genre de profil, ils manquaient d'intelligence émotionnelle et n'écoutaient pas ce qui ne les concernait pas directement ! Et elle se demandait même s'ils avaient la moindre idée des efforts qu'elle devait déployer en coulisses pour que leur entreprise fonctionne de manière aussi efficace.

Serrant les dents, elle reporta son regard sur Ronan, s'attendant à ce qu'il soit lui aussi distrait par autre chose. Mais il la dévisageait avec attention, et elle se retrouva rapidement captive de son regard outremer.

Ce fut à ce moment précis qu'elle tourna la tête pour se concentrer de nouveau sur Ted ou Sawyer. Aucun des deux ne bougea, et elle faillit perdre ses moyens. *Non !* cria une voix dans sa tête, *il faut absolument te faire entendre !*

Soudain, une idée lui vint. La Big Think Corp. possédait peut-être certains des hôtels les plus branchés du monde et les laboratoires scientifiques et technologiques les plus pointus, ils avaient même leur propre jet, mais c'étaient les personnes présentes dans cette pièce qui étaient ses plus grands atouts. Ted, grand et costaud, avec son cerveau phénoménal, sa barbe rousse et ses lunettes à la Clark Kent. Sawyer, avec son sourire de tueur et son charisme capable de convaincre une nonne de prendre un amant. Et puis Ronan, dont la volonté de fer pouvait faire tomber tous les obstacles. Et, comme si cela ne suffisait pas, il ressemblait à une statue grecque, avec ses cheveux épais et bouclés, ses larges épaules et sa silhouette athlétique. Oui, chacun d'entre eux était une force avec laquelle il fallait compter. Ensemble, ils formaient un trio irrésistible. De plus, l'idée de les pousser tous les trois hors de leur zone de confort n'était pas pour lui déplaire !

— En guise de point d'orgue du bal de cette année, dit-elle

en élevant la voix, j'ai eu l'idée de vous vendre tous les trois aux enchères !

Les yeux de Ted s'écarquillèrent de façon comique derrière ses épaisses lunettes. Sawyer laissa tomber sa balle, qui rebondit à l'autre bout de la pièce. Quant à Ronan… il la regarda comme si elle venait de le provoquer en duel. Mais, au lieu de rejeter tout net son idée, ou de marquer sa désapprobation, il esquissa un sourire, comme s'il prenait plaisir à être ainsi défié. Elle eut l'impression de l'entendre dire « Pourquoi pas ? », et le frisson qui la parcourut lui prouva que quelque chose ne tournait pas rond chez elle.

— Qu'entendez-vous exactement par là ? demanda Sawyer. Enchères… de célibataires ?

Ted leva les deux mains en signe de reddition.

— Moi, je ne suis pas concerné ! Je ne suis pas célibataire !

— Même chose pour moi, répliqua Sawyer. J'ai déjà trouvé mon âme sœur. Il ne reste plus que Ronan, et ça tombe bien, car c'est le plus beau de nous trois ! Bonne chance, mon pote ! Tu verras, ça te fera du bien !

Hadley s'imagina soudain une femme sublime, ultra-sophistiquée, déboursant une somme faramineuse pour inviter Ronan à un rendez-vous galant…

— Tu peux te sacrifier pour l'équipe, n'est-ce pas ? demanda Sawyer.

Ronan cligna les yeux une fois, un sourire toujours accroché au coin de sa bouche, mais ses yeux brillaient d'un éclat farouche. En les gardant fixés sur Hadley, il dit :

— Et si j'avais une excuse pour ne pas participer ?

Sans pouvoir s'en empêcher, Hadley rétorqua :

— Comme si vous fréquentiez quelqu'un sans que je sois au courant !

À ce moment-là, il haussa un sourcil, et Hadley fut touchée en plein cœur. C'était elle qui s'occupait de son agenda, de son nettoyage à sec et de ses courses. Il l'avait même déjà chargée d'envoyer des fleurs à ses conquêtes, lorsqu'il voulait rompre, ce qu'elle avait refusé de faire au bout de trois fois. Non seulement pour ménager son cœur déjà malmené, mais aussi parce qu'un homme digne de ce nom devait assumer les conséquences de ses actes, comme elle le lui avait dit sans ambages. S'il voyait quelqu'un, elle le saurait, parce que c'était son travail d'être au courant.

Lorsque Ronan commença à s'agiter dans son fauteuil pour tenter de masquer son malaise, Hadley dut faire un immense effort pour ne pas lever les bras en signe de victoire.

— Je ne suggérais pas, en fait, une vraie vente aux enchères de célibataires, dit-elle. Nous ne sommes pas à la foire aux bestiaux ! La gagnante aurait droit à un tête-à-tête avec l'un de vous trois. Ce ne serait ni dans un restaurant ni dans un bar, mais ici même, dans nos locaux ! Vous pourriez lui faire visiter l'entreprise, lui parler de nos projets, lui donner l'occasion de voir les coulisses… Ce serait excellent pour notre image. Pour une raison étrange, les curieux s'adressent constamment à moi pour pouvoir vous rencontrer, alors faisons-les payer pour ce privilège !

Elle finirait ainsi son contrat en beauté. Ronan monterait sur scène, plus séduisant que jamais dans son costume sur mesure, et ils seraient réunis pour la toute dernière fois…

Ted et Sawyer hochèrent la tête, plus soulagés qu'enthousiastes, lui sembla-t-il. Mais elle n'en demandait pas plus.

— C'est décidé, alors ! dit-elle. La vente aux enchères des fondateurs de la Big Think Corp. aura bien lieu ! Des photographes viendront mercredi pour discuter de la meilleure manière de promouvoir cet événement.

— Je vais sortir mon smoking ! lança Sawyer en tirant sur le col de son polo *slim fit*.

— Évitons les costumes de cérémonie, dit-elle, car elle avait là aussi quelques idées bien arrêtées sur la question.

Comme il s'agissait de son dernier bal, c'était le moment de s'imposer.

— Sawyer, Ted, ne vous rasez pas quelques jours avant, s'il vous plaît.

Ted leva le pouce, tandis que Sawyer sourit en se frottant les joues.

— D'accord. Mais… et Ronan ? S'il vous plaît, dites-lui qu'il a besoin de s'épiler tout le corps !

Ronan, qui tapotait sur son ordinateur portable, fit un geste assez grossier, et Sawyer éclata de rire. Puis il planta son regard sans le sien, et l'atmosphère se tendit de nouveau.

— Qu'attendez-vous de moi ?

— Costume gris clair. Chemise blanche. Cravate argentée. Et ne les laissez pas prendre une seule photo tant que je n'ai pas vérifié le nœud !

À ce moment-là, le souvenir de ses genoux contre les siens, quand elle avait arrangé sa cravate, l'autre matin, de son odeur dans ses narines, lui revint en force…

Elle glissa à la hâte sa tablette sous son bras.

— C'est tout pour moi ! dit-elle. Je vous ai envoyé l'ordre du jour par e-mail, avec tous les points que vous pouvez traiter vous-mêmes. Vous êtes assez grands pour vous débrouiller sans moi !

Consciente qu'aucun d'entre eux n'oserait la contredire, elle leur adressa à tous un sourire radieux, puis quitta la pièce.

Dans l'ascenseur, elle passa son badge de sécurité sur le capteur et indiqua l'étage privé hébergeant l'appartement de Ronan, équipé d'une salle de sport et d'une cuisine où officiait son chef personnel. Il disposait également d'un bureau, auquel celui d'Hadley faisait face. Un grand espace restait ouvert entre les deux, mais ils étaient suffisamment proches pour que chacun soit à portée de voix de l'autre. Ce bureau était magnifique. Grand et aéré, il était doté de tapis moelleux, d'un salon, d'un dressing, d'un beau plafond sculpté et d'un papier peint bleu sarcelle qui lui donnait un petit air gothique. Elle avait conçu chaque centimètre carré de l'espace elle-même et elle l'adorait. Même si, secrètement, elle avait aussi aimé son premier bureau, minuscule, à l'époque où la Big Think Corp. n'était encore qu'une entreprise naissante installée dans un entrepôt glacial de Richmond.

Ted travaillait dans un laboratoire à l'autre bout de la ville ; Sawyer était la plupart du temps sur la route, en train de démarcher des clients, et Ronan et elle partageaient le plus souvent ce quartier général à eux seuls. C'était là qu'elle avait pris l'habitude de travailler en étroite collaboration avec lui. Leurs moyens étaient certes limités, mais ils avaient de grandes idées et une énergie débordante.

Quand la porte de l'ascenseur s'ouvrit, Hadley laissa échapper un long soupir au souvenir de cette époque bénie, où elle avait tout donné. La nostalgie ne menait à rien, songea-t-elle. Elle ferait mieux de se concentrer sur le bal : la séance photo, la vente aux enchères… elle avait de quoi s'occuper ! Alors qu'elle s'approchait de son bureau, son assistant, Kyle, surgit de nulle part.

— Il y a du nouveau ? demanda-t-il en trottinant derrière elle.

— Oui. J'ai plein de nouvelles idées pour le gala de fin d'année.

Elle posa le pouce sur le clavier de sécurité et la porte en verre fumé de son bureau s'ouvrit. Même si cela faisait deux ans qu'ils avaient emménagé ici, elle ressentait un frisson d'incrédulité et de fierté à l'idée que cet espace était le sien – elle, une ex-serveuse ayant arrêté ses études au lycée, fille d'une mère célibataire qui avait lutté toute sa vie pour joindre les deux bouts.

Kyle déposa sa tablette sur la table basse, avant d'aller leur préparer à tous les deux un café, tandis qu'Hadley s'enfonçait dans son très confortable fauteuil en cuir bleu pétrole. Elle vaporisa un peu d'eau sur Pelote, le mini-cactus qu'Adelaïde avait offert à Ronan et qu'elle avait adopté.

Elle sursauta lorsque Kyle déposa son café, servi dans une tasse en porcelaine, sur un sous-verre en cuir posé sur son bureau.

— Ça va ? demanda-t-il.

Lorsque Hadley posa les mains sur le bureau.

— Deux choses, dit-elle.

Kyle s'assit, stylet et tablette en main, et hocha la tête.

— Le bal annuel de la Big Think Corp. se terminera par une vente aux enchères de célibataires… non célibataires.

— C'est génial, dit Kyle. Mais qui allons-nous vendre ?

Hadley s'arrêta, et posa sur lui un regard aigu.

Kyle secoua la tête et lança :

— Sawyer, Ronan et Ted, bien sûr ! J'adore l'idée.

— Seulement, nous ne pouvons pas vraiment parler

de célibataires, car deux des trois hommes proposés aux enchères ne le sont plus.

— C'est vrai, dit Kyle avec un soupir. Seulement, il s'agit bien du même principe, n'est-ce pas ?

Hadley sourit, puis eut un pincement au cœur lorsqu'elle se rendit compte à quel point travailler avec Kyle lui manquerait. Facile, légère et décontractée, leur relation était l'exact opposé de celle qui la liait à son patron.

— Nous allons organiser un événement très pro et cent pour cent glamour, tout en faisant jouer à fond la concurrence entre les trois pour faire monter les enchères !

Hadley accepta sans réserve car, si la fin justifiait les moyens, elle refusait de se concentrer uniquement sur Ronan.

— Quelle est la deuxième chose dont tu voulais me parler ? demanda Kyle.

— Il est temps de commencer à me chercher une remplaçante.

Ronan balança ses clés dans sa main alors qu'il prenait l'ascenseur menant au garage privé situé sous la tour de la Big Think Corp., comme si le contact du métal contre sa paume pouvait l'aider à trouver le moyen de convaincre Hadley de changer d'avis. L'espace d'un instant – avant la réunion de ce matin-là – il avait failli tenter quelque chose, mais Sawyer était entré en trombe dans la pièce et l'avait coupé dans son élan.

Depuis des jours, il évitait Hadley, de crainte de ne pas savoir trouver les mots qui la feraient revenir sur sa décision. Le problème, c'était qu'il n'avait pas encore trouvé les arguments justes, ni trop autoritaires ni trop suppliants, ce qui l'irritait au plus haut point.

Il n'avait jamais été aussi peu sûr de lui. Mais il fallait qu'il y parvienne pour que les choses redeviennent comme avant. Parce que ça marchait bien. Ils formaient une bonne équipe tous les deux. Certes, ils se poussaient parfois à bout, et leur relation de travail était bien plus houleuse qu'elle n'aurait dû l'être. Ils en étaient tous deux responsables. Lui, en tant que patron, n'avait pas la langue dans sa poche : ses exigences étaient élevées et sa patience limitée. Hadley, quant à elle, était tenace et avait la réputation d'être assez soupe au lait. Leurs objectifs, cependant, étaient parfaitement alignés. Elle était très loyale envers la Big Think Corp. et n'avait jamais laissé son patron se reposer sur ses lauriers, ne serait-ce qu'une seule seconde. Depuis qu'il la connaissait, elle le poussait à être meilleur, chaque jour. Alors, pourquoi diable voulait-elle abandonner tout cela ? Et comment la retenir ? Voulait-elle quelque chose que lui seul pouvait lui donner ? Plusieurs idées s'insinuèrent dans son esprit, ainsi que le souvenir d'instants fugaces, mais très nombreux. Des instants où, dans des ascenseurs presque vides, leurs bras s'étaient frôlés dans un frisson, où leurs regards s'étaient rivés l'un à l'autre...

Comme toujours lorsqu'il avait de telles pensées, il les repoussa. Car il n'irait jamais plus loin. Maître de lui-même en toutes circonstances, il ne voulait surtout pas ressembler à son père.

Les portes de l'ascenseur s'ouvrirent et, alors qu'il entrait dans le garage, son téléphone sonna. Il répondit sans vérifier qui appelait :

— Ronan Gerard !

— Qu'est-ce que c'est que cette histoire à propos de Holt Waverly ?

Ronan éloigna le téléphone de son oreille comme s'il était brûlant, et vit sur l'écran le message *Ne pas répondre !* par lequel il avait remplacé le nom de son père. Bon sang ! Par une étrange magie, ce dernier se manifestait toujours les très rares fois où il lui arrivait de penser à lui ! Malgré son envie d'écraser son téléphone sous ses pieds, Ronan fit appel au self-control dont il était si fier pour répondre :

— Je vais bien, merci. Et toi ?

— Ne te moque pas de moi ! aboya Constantin Gerard, sa voix rocailleuse mettant les nerfs de Ronan à rude épreuve.

Cela faisait plusieurs années que Ronan n'obéissait plus à son père, et il n'ajouta pas un seul mot alors qu'il se glissait sur le cuir souple de son siège de voiture.

— Comment va maman ? demanda Ronan après avoir actionné le kit mains libres.

— Elle va bien.

Comme s'il en avait la moindre idée ! Sa mère, qui dépendait financièrement de son mari, n'avait pas d'autre choix que d'accepter son comportement colérique, et leur relation avait longtemps perturbé Ronan, jusqu'à ce qu'il parvienne à prendre ses distances, une fois bien ancré dans sa vie d'adulte.

— On ne touche pas à Holt Waverly ! gronda son père.

Autre raison pour laquelle Ronan souhaitait entretenir des relations avec le roi du bétail : son père s'était notoirement brouillé avec lui dix ans plus tôt, à cause d'un achat de terres qui avait mal tourné, et il en avait gardé une profonde rancune.

Ronan démarra et prit son temps pour répondre.

— Au cas où tu ne l'aurais pas compris, la Big Think Corp. n'est pas ton entreprise et ses activités ne te concernent donc pas.

Ronan entendit son père ricaner.

— L'un de ses fondateurs porte mon nom de famille ! Waverly est un dur à cuire. Il te mangera tout cru sans même que tu t'en rendes compte !

Pour chasser sa tension croissante, Ronan tapota doucement le clignotant, vérifia ses rétroviseurs et changea de voie.

— J'apprécie ton implication, mais nous disposons déjà d'une liste de personnes jugées inaptes à investir dans nos projets, et Holt Waverly n'en fait pas partie.

Pendant une seconde, Ronan envisagea de dévoiler à son père la stratégie qu'il avait imaginée pour convaincre Holt Waverly. Mais il s'en abstint, tandis que son père ironisait.

— Qui a dressé cette prétendue liste ? Cette fille ?

— Arrête ! dit Ronan d'un ton glacé. N'y pense même pas. Ne la mets pas en cause.

Puis, à bout de patience, Ronan ajouta d'un ton sec :

— J'ai un rendez-vous. Embrasse maman pour moi.

Son père se racla la gorge.

— Écoute, ce n'est pas pour ça que je t'appelais, fiston...

Ronan raccrocha et, instinctivement, il appuya sur l'accélérateur et serra les doigts sur le volant. Quel culot ! Son père avait osé faire allusion à Hadley, l'obligeant – pour le punir ? – à revivre ce qu'il s'était passé des années auparavant.

C'était lors d'une fête – la première qu'il avait organisée à l'époque où sa société n'en était encore qu'à ses débuts. Ils n'avaient même pas encore d'employés, mais le bruit avait couru que Ted Fincher, un jeune et brillant scientifique, Sawyer Mahoney, star du football élu Australien de l'année, et lui-même, fils de Constantin Gerard, étaient sur le point de frapper un grand coup dans le monde de la philanthropie. Ronan avait profité de cet élan pour organiser un lancement en douceur. Son père était là, bien sûr, avec ses amis, et Ronan avait donc passé une bonne partie de la soirée à s'assurer que les plateaux de boissons ne passent pas trop souvent devant eux, afin que l'ambiance ne dégénère pas. Puis il avait vu son père se diriger vers la cuisine, juste avant que les discours ne commencent, et son instinct l'avait poussé à le suivre afin de le ramener dans la salle de bal. Il avait alors perçu une agitation, des bruits de bagarre. La silhouette de son père dominant une personne acculée contre un banc. Et sa voix, plus agressive que jamais... C'était alors que Ronan l'avait vue. Il l'avait d'ailleurs remarquée un peu plus tôt parmi les serveurs : grande, gracieuse, avec ses cheveux noirs coiffés en pétard et son ravissant visage. Mais c'étaient la lueur froide dans ses yeux sombres et sa façon d'éviter tout échange qui l'avaient frappé. Elle avait peut-être raison, avait-il songé : c'était sans doute la meilleure façon de couper court aux avances que certains des invités, des hommes d'âge mûr fortunés, ne manqueraient pas de lui faire...

En la voyant si proche de son père, il avait imaginé un instant qu'elle avait cédé à cet homme connu pour ses manières directes, presque brutales, avec les femmes. Mais quand il avait perçu le regard paniqué de la jeune serveuse, il avait compris qu'il se trompait.

Comme ce souvenir resurgissait, Ronan, troublé, relâcha la pression sur l'accélérateur et se rangea dans la file de droite. Son père était un tyran – au travail et à la maison – un maître absolu de la violence psychologique. Ronan n'avait jamais rien connu d'autre dans son enfance. Jusqu'à ce moment-là, il n'avait jamais été témoin d'une agression sexuelle, et la peur de cette jeune femme l'avait mis dans une colère noire. Mû par son instinct, il avait bondi sur son père et l'avait poussé loin de sa victime.

Stupéfait, le vieil homme avait posé sur lui son regard aviné, avant de battre en retraite. Une fois son père parti, Ronan avait ravalé sa colère et s'était tourné vers l'inconnue pour la réconforter...

Depuis ce jour, et malgré tout le chaos familial qui avait suivi, il ne s'était pas passé un jour sans que Ronan ne se félicite d'avoir agi comme il avait agi. Et il ressentait un profond soulagement à l'idée d'avoir pu aider cette jeune femme...

Ralentissant pour s'arrêter alors que le feu passait à l'orange, Ronan se passa une main dans les cheveux. Hadley et lui ne parlaient jamais de cette nuit-là, et pourtant elle imprégnait chacune de leurs conversations, chacun de leurs désaccords, chaque tête à tête. Il l'avait connue dans un moment de grande vulnérabilité, et il s'était toujours demandé si elle voyait parfois son père quand elle le regardait...

— Vous allez bien ? demanda-t-il. Comment vous appelez-vous ?

Elle le fusilla du regard, avant de lancer :

— Pourquoi je vous le dirais ? Je m'en vais de toute façon, alors inutile d'essayer de me faire virer !

Ronan protesta, jusqu'à ce qu'il comprenne que son père l'avait sûrement menacée pour vaincre sa résistance.

Posant la main sur son cœur, il déclara :

— Je veux seulement vous aider. Si vous me le permettez. Je m'appelle Ronan Gerard.

— Je sais qui vous êtes. Votre photo est sur tous les écrans.

Ronan grimaça. Oui, bien sûr : le lancement de son entreprise… D'ailleurs, des discours louant son éducation, son ambition, ses relations, étaient sans aucun doute en train d'être prononcés à ce moment-là. Tout cela lui avait semblé soudain si égoïste, si vain, si convenu, qu'il s'était promis de changer la façon de travailler au sein de son entreprise et ne pas répéter cette erreur.

Puis, elle se mit à faire les cent pas, les poings serrés, les épaules rentrées, montrant clairement qu'elle s'en voulait pour ce qu'il s'était passé. Cela suffit à raviver la colère de Ronan qui, mû par son seul instinct, décida de lui révéler la vérité, la croyant assez forte pour la supporter. Il lui expliqua qui était son père, comment il procédait quand un obstacle se dressait sur son chemin…

Après lui avoir fait comprendre qu'elle n'était pour rien dans cet incident, mais qu'elle devait se préparer à ce que Constantin la mette à l'écart, il lui offrit toute l'aide dont elle avait besoin, proposant même de l'accompagner au poste de police le plus proche, si elle désirait porter plainte. Elle refusa cette proposition, lui faisant clairement comprendre qu'elle n'avait pas besoin de l'aide de quiconque.

Elle le remercia tout de même pour son intervention, puis elle arracha son tablier et son badge, les jeta sur le banc et partit.

Le lundi suivant, Hadley Moreau faisait son entrée dans l'entrepôt de Richmond où Ronan et ses futurs associés louaient un petit espace à l'époque. Comment elle l'avait trouvé, il n'en avait aucune idée. Le cran, l'audace, la détermination qu'il lui avait fallu pour se présenter devant lui l'avaient laissé sans voix.

Ted et Sawyer étaient sur place ce jour-là, et Ronan se rappela avec un sourire qu'on aurait entendu une mouche voler quand cette inconnue avait fait irruption dans l'entrepôt.

« Salut ! » avait-il dit lorsqu'elle s'était approchée de son bureau, les doigts serrés sur la bandoulière de son sac.

Il avait souri en découvrant son discret tatouage – un anneau de myosotis à la base de son index.

« Tout va bien... ? »

Il avait marqué une pause. Il se rappelait son nom qu'il avait lu sur son badge, mais il avait attendu qu'elle lui tende la main et se présente elle-même.

« Hadley. Hadley Moreau. »

Ronan se souvenait d'avoir acquiescé, comme si ce nom était déjà gravé dans son esprit. Et lorsqu'il avait pris sa main dans la sienne, un étrange frisson l'avait traversé. Il avait eu l'impression qu'une étincelle jaillissait, annonçant un bouleversement majeur...

Elle lui avait dit qu'elle avait assisté aux discours de lancement de la Big Think Corp. et que ce qu'elle avait entendu lui avait donné envie de participer à cette aventure. Elle avait besoin de travailler, après avoir dû quitter son dernier emploi. Elle avait affirmé qu'elle travaillait avec acharnement, apprenait vite et ne se laissait pas marcher sur les pieds. Puis elle lui avait demandé ce qu'elle pouvait faire pour l'aider.

Séduit, il l'avait embauchée aussitôt et depuis, elle avait accompli davantage qu'aucun d'entre eux n'aurait pu l'imaginer. Elle était rapidement devenue le ciment qui les avait unis pendant la croissance exponentielle de l'entreprise qui gérait aujourd'hui des milliards de dollars de budget… Elle avait réussi le tour de force de leur tenir tête à tous les trois et, aujourd'hui, elle s'en allait… pour de bon.

Ces derniers temps, Ronan se sentait débordé. Ted travaillait à domicile la plupart du temps tout en s'occupant de sa fille, Katie, et Sawyer, qui aidait beaucoup Petra, était moins présent au sein de la Big Think Corp. Si Hadley restait, il pourrait faire face. Si elle partait…

Elle ne pouvait pas partir. C'était aussi simple que ça. S'il ne pouvait pas obtenir cela, alors à quoi diable lui servaient son argent et son influence ? Alors même qu'il formulait cette pensée, il eut l'impression que l'entreprise à laquelle il avait donné sa vie lui échappait. Sans tout ce qui faisait son quotidien depuis de nombreuses années, qui diable était-il ?

Le ronronnement familier du moteur l'aida à garder le contrôle de ses émotions, et il chassa ces pensées importunes. La vérité était qu'Hadley et lui avaient beaucoup changé, depuis leur toute première rencontre. Ils avaient tous les deux fait beaucoup d'efforts pour mettre cet incident derrière eux. Mais, même s'ils n'en parlaient plus jamais, cette nuit-là était restée gravée dans leur mémoire comme une blessure qui n'avait pas tout à fait cicatrisé. Pour Ronan, c'était la culpabilité de ne pas avoir été assez courageux, assez fort, pour rompre avec son père avant même que cette agression se produise. Il sentait qu'Hadley n'avait jamais accepté le fait d'avoir dû compter sur lui pour devenir celle qu'elle était aujourd'hui, même si elle n'en avait peut-être pas conscience elle-même. Et si c'était pour cela qu'elle partait ? Parce qu'elle avait compris qu'elle n'avait plus besoin de lui ?

Ravalant la boule qui lui nouait la gorge, il prit la direction de son domicile. S'il était le seul à être engagé dans la Big Think Corp. avec la même ferveur qu'au début, il lui faudrait travailler encore plus.

— Appelle Holt Waverly ! ordonna-t-il à son ordinateur de bord et, tandis que le téléphone sonnait, il prépara dans son esprit le message qu'il serait sans doute obligé de laisser – car il était presque sûr que l'homme ne décrocherait pas.

Mais il persévérerait, car malgré tous les changements qui chamboulaient sa vie, il restait l'ambitieux, l'inébranlable et l'indispensable Ronan Gerard que tous connaissaient.

3

Hadley fredonnait la chanson qui passait dans ses écouteurs en entrant le code qui lui permettait d'accéder à la maison de Ronan. Elle jeta le courrier récupéré dans sa boîte aux lettres sur la console de l'entrée, puis nota dans sa tablette que la composition florale avait besoin d'être remplacée avant de se diriger vers le grand hall, ses Doc Martens crissant sur le sol de marbre. La première fois qu'elle avait vu cette demeure – les hauts plafonds, les pièces spacieuses, le décor élégant, les lustres dorés et les meubles anciens – elle n'en avait pas cru ses yeux. Elle n'avait jamais imaginé qu'un tel luxe existait, à part dans les films hollywoodiens, et ne s'y était pas sentie très à l'aise. Aujourd'hui, elle y était comme chez elle, et fredonnait en vérifiant la cave à vins – une pièce à la lumière et à la température contrôlées située à côté de sa cuisine – afin de pouvoir sélectionner des bouteilles pour le dîner du bal. Ce n'était pas une tâche qu'elle voulait déléguer, même à Kyle – en tout cas pas pour l'instant. Une bouffée d'angoisse la saisit. Il y avait tant d'informations à transmettre avant de partir ! Et pas seulement à propos du travail, mais aussi à propos de Ronan. Comment le soutenir, le stimuler, le gérer…

Ronan pourrait même être soulagé de son absence. De la

tension qui crépitait entre eux. De son insistance à vouloir être autonome dans son travail. Il pourrait aussi regretter certains aspects plus... personnels de leur collaboration, songea-t-elle. Pourtant, chaque fois qu'ils s'étaient rapprochés, il avait reculé, comme s'il essayait encore de lui prouver qu'il se maîtrisait. Qu'elle était en sécurité auprès de lui...

Pour sa part, elle ne s'était jamais sentie menacée en sa présence. Elle coupa court à ces pensées avant qu'elles ne l'envahissent et entra dans l'immense cuisine, sa pièce préférée. Elle était bien trop grande pour un homme seul qui employait un chef privé. Des lucarnes y diffusaient la lumière du jour sur les accessoires en cuivre et les murs gris pâle. Elle cueillit un grain de raisin dans une coupe de fruits frais posée sur le plan de travail, le lança en l'air, l'attrapa dans sa bouche et...

— Hadley ?

Elle avala le raisin tout rond, puis tourna les talons et découvrit Ronan dans l'embrasure de la porte menant au garde-manger.

— Que faites-vous ici ? demanda Hadley en passant la main dans ses boucles folles, avant de lisser la robe moutarde décontractée et plutôt courte qu'elle avait choisie pour aller au cinéma, plus tard, avec Adelaïde et Petra.

Le silence se fit, puis la voix grave de Ronan résonna dans la pièce.

— Je vis ici, vous le savez, n'est-ce pas ?

Ces jours-ci, l'homme passait tout son temps dans son appartement de la Big Think Tower, telle la Bête du film enfermée dans son château.

— N'aviez-vous pas rendez-vous chez l'ostéopathe ce soir ?

— J'ai annulé.

D'habitude, c'était elle qui se chargeait d'annuler ses rendez-vous. C'était son travail. Pour quelques semaines encore, au moins.

— Mais... votre cou ?

— J'ai préféré rentrer à la maison pour prendre un bain. Pourquoi êtes-vous venue ?

Hadley se redressa.

— Pour vérifier que votre femme de ménage faisait bien son travail, faire le point sur votre emploi du temps, inspecter votre porte d'entrée, faire l'inventaire de votre cave... Autant de tâches que vous ne feriez pas autrement.

— C'est vrai, dit-il avec un léger sourire.

Ronan sortit du garde-manger, referma la porte, puis se dirigea vers elle en contournant le banc. Le moment était-il venu ? se demanda-t-elle, tendue comme un arc. Allaient-ils enfin se parler comme des adultes ? Ce fut alors qu'elle s'aperçut qu'il ne portait rien d'autre qu'une serviette nouée sur ses hanches. Les rayons du soleil soulignaient le contour de son torse hâlé et bien musclé. Ses épaules étaient larges et fortes, et il était pieds nus, remarqua-t-elle, avant de lever les yeux.

Une main dans ses cheveux mouillés, il les rabattit en arrière, et elle vit une goutte d'eau se poser sur son épaule, puis glisser sur un pectoral, avant de descendre sur son ventre plat... Submergée par une vague de chaleur soudaine, elle le vit se crisper quand il surprit son regard, puis esquisser un sourire amusé.

— Hadley ?

Rouge de confusion, elle prit une profonde inspiration et répondit :

— Oui.

— Où allez-vous ?

— Au cinéma.

— Je veux dire, pourquoi cette précipitation ? Vous avez rendez-vous, c'est ça ?

Pendant une seconde, elle envisagea de mentir.

— Oui, c'est ça, confirma-t-elle néanmoins sans le quitter des yeux. Avec Adelaïde et Petra.

Il fit un pas de plus dans sa direction, tandis qu'elle se balançait d'un pied sur l'autre, légèrement mal à l'aise. Que pensait-elle qu'il puisse arriver ? Elle avait toujours réussi, à grand-peine parfois, à ne pas franchir la ligne rouge, alors elle n'allait pas craquer maintenant !

Serrant sa tablette contre sa poitrine, elle contourna l'îlot central, tout en se forçant à se concentrer sur son visage, ce qui, hélas, ne fit qu'aggraver les choses. Car ce visage fort, viril, et aux proportions harmonieuses nourrissait tous ses fantasmes…

Elle tendit sa tablette pour lui montrer les bouteilles de vin qu'elle avait choisies.

— Je voulais m'assurer que vous en aviez assez. Pour votre table, au bal. Et c'est le cas.

Il hocha la tête.

— Merci.

Sans réfléchir, elle lança :

— Alors, que pensez-vous de la vente aux enchères de célibataires ? C'est une bonne idée, non ?

Un muscle de sa mâchoire tressaillit.

— S'il vous plaît, dites-moi que ce n'est pas ce que je crois…

— Bien sûr que non ! dit-elle avec un sourire rassurant.

Ah, comme elle aimait le pousser à bout ! L'aiguillonner

jusqu'à ce qu'elle voie enfin quel homme se cachait derrière son masque d'entrepreneur modèle.

— Génial, murmura-t-il. Oui, c'est une bonne idée.

Elle dissimula un soupir de soulagement.

— Je l'ai encore un peu modifié. Je veux encourager les donateurs réguliers à enchérir au nom d'autres personnes, pour donner un coup de pouce à ceux qui n'ont jamais l'occasion de participer à ce genre d'événement.

Des gens comme elle, en réalité. Avant, jamais elle n'aurait pu décrocher une invitation pour assister à ce genre de soirée, et elle serait restée à la porte faute de pouvoir montrer patte blanche. Mais après avoir perdu son emploi dans la restauration, la nuit où tout avait basculé, elle avait saisi sa chance et cela l'avait sauvée. Elle avait pu subvenir à ses besoins et, avec Ronan, faire prospérer la Big Think Corp., à laquelle elle restait très attachée.

L'argent, les galas caritatifs, la tour éponyme de la Big Think Corp. n'étaient là que pour attirer les investisseurs afin de permettre à l'entreprise d'aider autant de personnes qu'il était possible de le faire.

Comme Ronan s'appuyait au comptoir, sa serviette glissa. Il la rattrapa de justesse, mais il avait vu qu'elle l'avait remarqué. Lorsque son regard se posa sur le sien, une étincelle jaillit, et elle retint son souffle, si longtemps qu'elle crut s'évanouir…

Elle connaissait ses secrets et, pour une fois, il les cachait très mal. Ils étaient seuls, dans sa maison, la soirée était douce, et il était à moitié nu… Qu'allait-il faire si elle réduisait la distance entre eux et posait sa main sur son torse nu, dont elle rêvait de sentir la force et la chaleur ? Comment réagirait-il si elle effleurait de la langue le petit creux qui séparait sa clavicule de son cou ? Pencherait-il la tête pour l'embrasser ? Lâcherait-il la serviette pour l'entourer de ses bras et la serrer contre lui ?

Soudain, il lança :

— J'espère que vous n'imaginez pas que je pourrais m'habiller ainsi pour être vendu comme un vulgaire bout de viande !

Hadley cligna les yeux et se rendit compte que son regard était rivé sur son ventre plat. Lui aussi la fixait, et l'espace de quelques secondes, elle crut qu'elle allait céder à l'élan qui la poussait vers lui.

Puis, presque brutalement, il demanda :

— Vous avez trouvé ce que vous êtes venue chercher ici ?

Elle acquiesça. Car elle l'avait trouvé, et bien plus encore.

— Bien, dit-il.

Il passa devant elle, et leurs mains se frôlèrent, faisant naître un douloureux frisson dans tout son corps. Puis il disparut, la laissant seule avec son désir inassouvi.

— Je me rends compte que j'ai l'air d'un disque rayé mais... qu'est-ce qu'on attend ?

Ronan leva les yeux de son téléphone pour voir Sawyer à califourchon sur une chaise, une balle virevoltant au bout de ses doigts, les yeux tournés vers l'entrée de la salle de réunion.

— On attend, insista Ronan.

Sawyer secoua la tête d'un air théâtral.

— Et moi qui croyais que, peut-être, tu avais enfin compris qu'Hadley s'en allait ! Que tu avais enfin admis qu'elle voulait partir !

— Elle travaille toujours ici, insista Ronan. Alors nous attendons.

Il s'était absenté ces deux derniers jours pour un voyage de dernière minute à Sydney, où il était allé rencontrer des donateurs de longue date. C'était le genre de voyage auquel Hadley participait habituellement, mais cette fois il l'avait fait seul. Il avait besoin de s'éloigner un peu, d'arrêter de penser à elle sous peine de se retrouver dans la situation délicate qu'il avait connue quelques jours auparavant, dans sa cuisine…

Il avait eu une idée : lui demander de rester. Il n'avait rien d'autre à lui dire que ces quelques mots, très simples. « Restez… parce que j'ai besoin de vous. Parce que je n'arrive pas à imaginer mon travail, ma vie sans vous. Restez… pour moi. »

De nouveau, il la revit accoudée à l'îlot de sa cuisine, l'autre soir, vêtue de cette robe jaune décolletée avec, en dessous, ces bas de soie des années 1950 qu'elle affectionnait et dont les fines lignes verticales soulignaient le galbe de ses longues jambes quand elle marchait…

Il l'avait observée pendant un long moment, en train de chantonner dans la cuisine, avant qu'elle ne le remarque. Il s'était laissé aller à imaginer qu'ils s'étaient rencontrés dans des circonstances différentes, moins dramatiques, et avait senti un espoir nouveau naître en lui.

Puis, au moment où elle s'était rendu compte qu'il n'était pas habillé pour recevoir des visiteurs, il avait vu son regard chavirer. Il avait été frappé par le fait qu'entre eux il ne s'agissait pas d'une simple attirance, mais d'un sentiment beaucoup plus profond. Ravageur, puissant… et qui, s'ils le laissaient s'exprimer, pourrait les consumer tous les deux.

— J'ai compris, dit Sawyer, ramenant Ronan à l'instant présent.

Il s'allongea sur le canapé, soulevant sa jambe fragile pour la poser sur l'accoudoir, et posa un coussin sur ses yeux. Ted, quant à lui, regarda Ronan en fronçant les sourcils, comme si quelque chose venait de lui venir à l'esprit.

— Un problème ? demanda celui-ci, intrigué.

— Quelqu'un a réussi à la faire changer d'avis ?

Sawyer déplaça le coussin juste assez pour voir par-dessus, tandis que Ted ajoutait :

— Parce que je ne peux pas imaginer un être humain, et encore moins une IA, qui soit capable de faire ce qu'elle fait pour l'entreprise… et pour toi.

— Sans y laisser sa santé, souligna Sawyer.

— Exactement ! approuva Ted. On dirait que vous êtes faits l'un pour l'autre.

Sawyer éclata de rire, tandis que Ted reprenait la parole.

— Bon, as-tu une idée de la raison pour laquelle elle nous quitte ?

— Pas vraiment, admit Ronan qui, mal à l'aise, proposa : Bon, on continue la réunion ?

Mais Ted fit mine de n'avoir rien entendu.

— Par le passé, tu as essayé de me convaincre que je me trompais, mais je pourrais jurer que je vous ai vus tous les deux, lors de notre bal annuel, sortir ensemble d'un vestiaire ou d'un placard à balais, je ne sais plus. Vous étiez un peu ébouriffés…

— C'était un vestiaire, avoua Ronan, percé à jour.

Ted et Sawyer se figèrent et restèrent immobiles jusqu'à ce que Ronan précise :

— Mais il ne s'est rien passé.

— Mais…

D'un geste, Ronan l'interrompit.

— Vous vous souvenez de la façon dont Hadley et moi nous sommes rencontrés ?

Il leur avait raconté en détail ce premier jour, en leur faisant promettre de rester discrets. Il avait estimé qu'en tant qu'associés, ils méritaient de connaître toute l'histoire avant de s'engager avec lui. Comme Ted acquiesçait, il dit :

— Vous comprenez, maintenant, pourquoi il ne s'est jamais rien passé entre Hadley et moi ?

Ted acquiesça à nouveau, puis tendit les deux mains devant lui, comme s'il s'apprêtait à expliquer une équation complexe.

— Je comprends ce que tu dis, mais je ne vois pas le rapport. Tu sais que… je vous aime et je veux que vous soyez heureux.

Ronan se passa la main sur le visage, se demandant comment il avait pu se retrouver au centre de cette conversation.

— Je ne peux pas… Nous ne pouvons pas…

Après quelques secondes de réflexion, il reprit :

— Et si partir était ce dont Hadley avait besoin pour être heureuse ?

C'était là que le bât blessait, songea Ronan, la gorge nouée. Ted ouvrit la bouche pour parler, puis se ravisa, vaincu, tandis que Sawyer adressait à Ronan un sourire de pitié.

Saisissant son téléphone pour se donner une contenance, Ronan fit semblant d'être entièrement absorbé par la lecture de ses messages. Pendant ce temps, son esprit remontait le temps, renouant le fil de ses souvenirs…

C'était lors du premier grand bal de la Big Think Corp. Ils avaient tous été ravis de voir que tout se passait à merveille. L'argent coulait à flots, ce qui signifiait que leur premier grand projet, le favori de Ted, serait entièrement financé pour la prochaine décennie et qu'ils pourraient également investir dans le but d'atteindre d'autres objectifs. Il se rappela le rire dans les yeux d'Hadley lorsqu'elle l'avait entraîné dans le vestiaire afin d'éviter un donateur éméché et particulièrement lourd qui avait essayé de les convaincre de se joindre à sa femme et à lui pour finir la soirée.

Là, enfermés dans l'obscurité, essoufflés tant ils avaient ri, ils avaient senti que quelque chose basculait. La chaleur de son corps qui touchait presque le sien, son parfum entêtant... Il ne savait plus qui, de lui ou d'elle, avait bougé le premier, poussé vers l'autre par cet élan irrésistible qu'ils avaient jusque-là réussi, à la lumière du jour, à refréner.

Ses mains avaient trouvé sa taille, tandis que les siennes glissaient sur sa nuque avant de s'enfoncer dans ses cheveux. Puis il l'avait sentie trembler, et cela lui avait rappelé leur première rencontre. Les grosses mains de son père sur elle, son beau visage déformé par la peur.

Aussitôt, il s'était éloigné d'elle comme s'il s'était brûlé, honteux et en proie à la plus grande confusion. Désormais, il devait bien admettre, ne serait-ce qu'en lui-même, la réalité de l'attirance qu'il éprouvait pour elle. C'était aussi à ce moment-là qu'il s'était promis de ne jamais passer à l'acte. Car il ne se pardonnerait jamais d'avoir profité de la situation, de quelque manière que ce soit. La seule chose qui le séparait vraiment de son père était sa maîtrise totale de soi.

Mais, aujourd'hui, l'annonce du départ d'Hadley avait brisé

quelque chose en lui, et il avait enfoui tous ses sentiments, tout son amour dans le secret de son cœur.

Était-ce pour cela qu'elle partait ? se demanda-t-il. Avait-elle compris, avant lui, que l'éloignement était la seule solution ?

Hadley… Elle avait peut-être raison. S'il n'entendait pas son nom, s'il ne sentait pas son parfum, s'il ne voyait pas son visage chaque fois qu'il levait les yeux de son bureau, peut-être qu'il pourrait s'en remettre. Oublier tout cela.

Il redressa la tête et vit Ted et Sawyer qui conversaient à voix basse. Il ne put s'empêcher de tendre l'oreille…

— Il n'est manifestement pas heureux, disait Ted. Cela fait des mois qu'il a une mine de chien battu !

— Il va bien, renchérit Sawyer. Il est un peu bousculé, c'est tout. Il va y arriver.

— Mais on pourrait quand même faire quelque chose, suggéra Ted, dont les chuchotements se faisaient de plus en plus forts. Adélaïde pense qu'il devrait sortir plus. Elle a proposé de lui présenter des amies…

Sawyer sembla y réfléchir.

— Tu as peut-être raison. Je ne plaisantais pas l'autre jour : trouver quelqu'un lui ferait le plus grand bien.

N'y pouvant plus, Ronan prit une profonde inspiration.

— Je peux me débrouiller tout seul pour trouver une femme ! gronda-t-il, mais en attendant, ce dont j'ai besoin, c'est d'une assistante digne de ce nom qui n'a pas l'intention de me vendre comme un vulgaire un morceau de viande, et qui est capable d'obéir à mes ordres sans discuter !

Ce fut cet instant que choisit Hadley pour faire irruption dans la salle de réunion, coiffée comme d'habitude d'un chignon noir en désordre. Derrière elle, un élégant jeune homme leva la main.

— Bonjour, dit-il, imperturbable malgré la tension qui régnait dans la pièce.

Sawyer fut le premier à lui répondre.

— Bonjour...

— C'est un honneur de vous rencontrer, dit le jeune homme. Sawyer Mahoney, Ted Fincher, Ronan Gerard...

— Et vous êtes... ? demanda Sawyer.

— Jonas Saint Clair, répondit le jeune homme, avant d'ajouter, malicieux : je suis la nouvelle Hadley.

Les joues rouges, Hadley se tourna vers Ronan et déclara :

— On dirait que votre vœu vient d'être exaucé.

Agenouillée sur une ottomane de velours rose thé, dans les toilettes pour dames du vingtième étage de la Big Think Tower, Hadley se rongeait les ongles. Tant d'émotions se bousculaient en elle qu'elle avait du mal à décider par où commencer. Jonas avait sans doute entendu ce qu'avait dit Ronan au moment où ils étaient entrés dans le bureau, et elle s'était sentie très mal à l'aise, à ce moment-là. Pas seulement parce que ces mots l'avaient blessée, mais aussi parce qu'elle avait la certitude qu'ils avaient été prononcés sous le coup de la colère et ne reflétaient nullement sa pensée. Ronan avait enfin compris qu'elle partait, pour de bon, et il réagissait mal.

Dans la voiture qui l'emmenait au cinéma, elle avait appelé Emerson Adler, la fondatrice de l'agence de placement Pitch Perfect, et lui avait demandé si elle avait des pistes pour la remplacer. Emerson lui avait répondu qu'elle était justement sur le point de l'appeler. Bien qu'elle connaisse de nombreux candidats tous plus brillants les uns que les autres, elle avait du mal à en trouver un qui ait les compétences nécessaires pour travailler en étroite collaboration avec Ronan Gerard. Jusqu'à ce qu'elle tombe sur Jonas Saint Clair, à qui elle avait donné rendez-vous dans un café de Collins Street.

« Madame Moreau ? »

Hadley avait levé les yeux et découvert un homme d'une vingtaine d'années vêtu d'un costume élégant, d'une cravate lavande et d'une pochette assortie.

« Appelez-moi Hadley », avait-elle répondu en se levant de sa chaise pour lui tendre la main.

« Jonas Saint Clair... »

Sa poignée de main était ferme et douce à la fois. Cela plairait à Ronan.

Hadley, en tout cas, l'avait apprécié instantanément, et pas seulement parce qu'il l'avait complimentée sur sa tenue. Elle aimait l'audace de ce jeune homme tranchant et plein d'allant. Très rapidement, elle lui avait proposé un essai d'une semaine.

— Hadley ?

Elle se retourna.

— Mmm ?

La porte des toilettes s'ouvrit légèrement, et le visage de Jonas se glissa dans l'interstice.

— Je peux entrer ?

— Bien sûr.

Jonas s'assit sur le bord de l'ottomane, laissant un espace parfaitement respectueux entre eux.

— C'était un sacré baptême du feu !

Hadley hocha la tête.

— J'aurais dû vous prévenir que vous ne seriez peut-être pas accueilli avec des confettis et des gâteaux maison. Mon départ ne fait pas l'unanimité au sein du pouvoir en place.

— Vous voulez parler de Ronan ?

Hadley acquiesça.

— Ce qui me fait dire qu'il sera difficile de vous succéder ! gémit Jonas.

— Donc, vous venez m'annoncer que vous ne voulez pas rester, c'est ça ?

— Je suis issu d'une famille de cinq enfants dont les parents sont richissimes et tous les deux complètement obsédés par eux-mêmes. Alors croyez-moi, je saurai gérer les caprices de messieurs Mahoney, Fincher et Gerard au quotidien ! Je ne reculerai devant rien pour avoir la chance de travailler ici.

Hadley savait exactement ce qu'il ressentait ! Elle fit un pas vers lui. Elle se sentait dépassée par la quantité d'informations qu'elle devait transmettre à son remplaçant mais, à ce moment-là, elle comprit qu'elle n'aurait jamais le temps de tout lui dire. Elle lui livra donc l'essentiel.

— Ne vous laissez pas impressionner, jamais ! Soyez vous-même. Si vous n'êtes pas d'accord, ils s'en remettront ! Et n'oubliez jamais où vous êtes. Cette entreprise… est encore plus exceptionnelle que vous ne pouvez l'imaginer.

— J'en ai conscience, dit Jonas avec gravité. Je ne vous décevrai pas, Hadley…

4

Une fois la réunion terminée, Ronan se dirigea tout droit vers son bureau, pour s'y s'enfermer et prendre des décisions qui changeraient le monde – seul s'il le fallait. Pourtant, il n'arrivait pas à se calmer. Comment tout avait-il pu aussi mal tourner ? Apprendre que Sawyer avait deviné son désarroi, et ce depuis un certain temps, avait été un choc. Mais Ted ? Ted, qui voyait rarement grand-chose au-delà de la monture de ses lunettes d'intello, semblait lui aussi savoir qu'il éprouvait pour Hadley des sentiments plus qu'amicaux, alors même qu'il avait toujours pris grand soin de les cacher…

Et puis il y avait Hadley elle-même. Après deux jours d'absence, il avait eu envie de la voir, d'entendre sa voix… Il avait dû fournir un immense effort de volonté pour ne pas l'appeler en revenant de l'aéroport afin de mettre les choses au clair, une bonne fois pour toutes.

Il avait préféré regagner son appartement de la Big Think Tower et se noyer dans le travail. Le regard blessé qu'elle lui avait lancé lorsqu'elle était entrée dans la salle de réunion lui avait fait mal et le hantait encore. Lui qui se targuait d'être toujours maître de lui-même et de ses émotions perdait les pédales, de plus en plus… Et il avait du mal à l'accepter.

Perdu dans les pensées qui se bousculaient dans son esprit, le cœur battant à ses tempes, Ronan sursauta lorsqu'on frappa à la porte de son bureau, qu'il laissait habituellement ouverte pour pouvoir voir Hadley.

Il lissa sa cravate, redressa les épaules et dit dans un soupir :

— Entrez.

Une seconde plus tard, elle se tenait devant lui, plus belle que jamais avec son ample chemisier blanc sur son pantalon crème à taille haute. Sa silhouette semblait s'adoucir un peu plus chaque jour, comme si elle se détachait peu à peu du personnage qu'elle jouait au sein de la Big Think Corp. pour montrer enfin son vrai visage.

Sans le quitter des yeux, elle s'approcha de lui, et il posa tranquillement les mains sur son bureau en signe d'apaisement. Elle était le feu et la glace, et il savait rien qu'en la regardant qu'elle luttait contre elle-même en ce moment, tout comme lui d'ailleurs.

Puis elle le regarda et lança en tournant brusquement la tête :

— Entrez, Jonas !

Et le jeune homme au costume impeccable entra. Les cheveux soignés, les ongles manucurés, et de l'assurance à revendre, il balaya rapidement la pièce du regard, comme pour mémoriser tout ce qu'il voyait, avant d'aller se placer à côté d'Hadley.

— Puisque je n'ai pas eu l'occasion de faire les présentations officielles, dit celle-ci, c'est le bon moment. Ronan Gerard, je vous présente Jonas Saint Clair…

— Enchanté, dit Ronan.

— Enchanté, monsieur Gerard, répondit Jonas avec un regard franc.

Puis, avançant d'un pas, il observa un instant les étagères et les œuvres d'art et demanda :

— Je suppose que c'est un vrai Renoir ?

— C'est le cas.

— Ma grand-mère prétendait en posséder deux. Mais je suis certain que l'un d'eux était une reproduction qu'elle a fait encadrer après avoir vu une exposition au Met !

Ronan, surpris, se rassit dans son fauteuil et dit :

— Saint Clair… comme l'armateur Saint Clair ? demanda-t-il.

— C'est mon père, dit Jonas, en adressant à Ronan un sourire amusé.

Le genre de sourire qu'ont les gens nés avec des privilèges, l'aisance et une bonne dose de confiance en eux. Le genre de sourire que Ronan avait vu dans le miroir toute sa vie.

Hadley, qui l'observait, haussa légèrement les sourcils. Dès qu'ils avaient commencé à travailler ensemble, ils avaient développé leur propre langage qui se passait de mots. Cela lui manquerait. Refusant de laisser cette pensée envahir son esprit, il prit une profonde inspiration. Le moment était venu pour lui de s'imposer. Mais la conversation qu'il avait eue avec Sawyer et Ted l'avait troublé, et l'idée que quitter la Big Think Corp. pourrait rendre Hadley heureuse le troublait plus encore. Tout ce qu'elle désirait, il le désirait pour elle, même si cela signifiait lui faire ses adieux. Quant à la Big Think Corp., sur ce point au moins, il avait le dernier mot. Il pouvait dire à Saint Clair de partir sur-le-champ si l'envie lui en prenait, et choisir lui-même son assistant ! Mais il savait qu'Hadley n'aurait jamais pris le risque de le lui présenter si elle n'était pas sûre qu'il faisait l'affaire. Elle savait qu'elle avait trouvé son remplaçant, différent d'elle mais tout aussi efficace.

Sentant qu'il perdait pied, Ronan se leva de son fauteuil et fit lentement le tour du bureau pour s'approcher de Jonas Saint Clair. Il remarqua que ce dernier mesurait quelques centimètres de moins que lui, ce qui n'était pas pour lui déplaire. Il lui tendit la main. Jonas soutint son regard et lui donna une poignée de main ferme, mais pas trop : la poignée de main parfaite.

— Bienvenue à la Big Think Corp., Jonas, dit Ronan.

Il perçut à peine le soupir de soulagement d'Hadley.

— Je vais prendre une demi-heure pour lui faire visiter les bureaux, déclara Hadley.

— Faites-lui faire le tour complet, lui conseilla Ronan. Présentez-lui tout le monde.

Jonas, les mains dans les poches de son costume chic, hocha brièvement la tête.

— Ensuite, je le confierai au service des ressources humaines, poursuivit Hadley, et je serai tout à vous pour le reste de la journée. D'accord ?

— D'accord...

Ronan s'adossa à son bureau tandis qu'Hadley entraînait Jonas hors de la pièce.

Elle se sentait plus légère qu'elle ne s'était sentie depuis longtemps. Elle avait l'impression qu'on venait de la soulager d'un grand poids. C'était en partie dû à Jonas, que Ronan semblait avoir accepté avec grâce et qui, elle le sentait, s'intégrait déjà. Mais, surtout, elle appréciait la relation plus sereine qu'elle avait avec Ronan.

— Je peux participer ? demanda Jonas, depuis le seuil de la salle de réunion.

Ronan avait beau le trouver sympathique, il ne pouvait s'empêcher de penser qu'il avait pris la place qui revenait à Hadley, dont il regrettait déjà l'absence... Au moment même où elle et lui semblaient avoir retrouvé un semblant de normalité dans leur relation, Jonas s'engageait plus avant dans son rôle. Ronan lui répondit qu'ils se verraient plus tard, car il n'avait pas besoin de son aide pour l'instant.

— Ce jeune homme est brillant, commenta Ted une fois Jonas parti.

Puis il se mit à quatre pattes pour chercher l'une des balles de Sawyer avec lesquelles il avait essayé de jongler pendant la réunion. Sawyer, lui, était à New York avec Petra et sa jeune sœur Daisy.

— Oui, mais il n'est pas Hadley, grommela Ronan.

Puis, conscient d'en avoir trop dit, il se redressa. Depuis la trêve silencieuse qu'ils avaient conclue dans son bureau, il avait l'impression qu'un trou béant s'était ouvert en lui qu'il ne pourrait jamais combler.

Occupé à ranger les appareils électroniques dont il assurait la promotion, Ted leva les yeux vers lui et expliqua :

— Figure-toi qu'il connaît les outils de traitement médical à distance qu'une de mes équipes est sur le point de tester. Du moins, la technologie allemande concurrente. Cela va nous faire gagner du temps et sans doute aussi beaucoup d'argent !

Ronan hocha la tête en silence. Où donc était Hadley ? Que faisait-elle, et quand la reverrait-il ? Soudain, son téléphone bourdonna sur le bureau, le tirant de ses réflexions. Un coup d'œil sur l'écran lui indiqua que sa mère tentait de le joindre. Il l'appelait une fois par semaine, le lundi quand son père était au travail, mais elle ne l'avait jamais appelé.

Pas depuis qu'il avait coupé les ponts avec son père. Sauf la fois où, une fois le succès de la Big Think Corp. établi, son père s'était servi d'elle pour tenter de reprendre contact avec lui et profiter de sa récente notoriété. Si c'était ça l'amour, alors il n'en voulait pas ! avait décidé Ronan qui avait fermé son cœur à cet homme dur et égoïste

Un cœur qu'Hadley Moreau avait conquis à l'instant même où elle était entrée dans son petit bureau de Richmond... Il avait aussitôt résisté à l'élan qui la poussait vers elle, car si sa mère lui avait appris quelque chose, c'était qu'il ne fallait pas toujours faire confiance à ses sentiments.

Ronan envisagea de laisser se déclencher la messagerie vocale, mais décrocha juste avant.

— Maman ?

À ce moment-là, Ted, qui adorait sa propre mère, leva le pouce pour l'encourager. Puis il lui désigna la porte, au cas où Ronan aurait besoin d'intimité. Mais celui-ci secoua la tête. Il ferait vite.

— Tout va bien ?

Sa mère marqua une pause, puis répondit :

— Bien sûr, mon chéri. Je suis en pleine forme. C'est à propos de ton père...

— Que se passe-t-il ? demanda Ronan, la voix tendue Qu'est-ce qu'il a fait, encore ?

— Ne sois pas comme ça, mon chéri. Je sais que vous n'êtes pas du même avis, tous les deux, mais certaines choses sont plus importantes que les vieilles rancunes, tu sais.

Alors qu'il s'apprêtait à formuler des reproches, il perçut un sanglot étouffé qui l'alarma aussitôt.

— Maman, qu'est-ce qui ne va pas ? demanda-t-il.

Ronan sentit Ted s'approcher, prendre une chaise et s'asseoir tranquillement à côté de lui.

— Je suis désolée, murmura sa mère, mais j'ai une mauvaise nouvelle à t'annoncer. Ton père voulait te le dire lui-même, mais il n'a pas réussi à te joindre car tu es trop occupé. Et comme vous êtes tous les deux très têtus... Ton père est malade, Ronan. Très malade, en vérité. C'est un cancer. Ton père est mourant, mon chéri...

5

Après une matinée durant laquelle Hadley avait laissé Jonas diriger une réunion entre elle, Kyle et Georgette, elle décida de prendre des nouvelles de Ronan. Il s'était écoulé suffisamment de temps depuis leur dernière rencontre pour que chacun puisse faire comme s'il ne s'était rien produit entre eux. Non qu'elle ait oublié son sourire séducteur et le trouble qui les avait saisis tous deux, mais elle ne voulait surtout pas l'évoquer avec lui.

Aussi était-ce d'un pas léger qu'elle se dirigea vers le bureau de Ronan, dont la porte était ouverte. Le fauteuil de ce dernier était tourné vers la baie vitrée, derrière son bureau.

— Ronan ? dit-elle.

Le fauteuil se tourna lentement, et elle sentit son cœur se briser en découvrant l'expression de son visage. L'affaissement de ses épaules. La dureté de sa mâchoire. De plus, il avait les yeux rouges, ce qui l'alarma aussitôt.

— Qu'est-ce qui ne va pas ? demanda-t-elle, inquiète.

C'était Sawyer ? Ted ? Le bébé de Ted ? À moins qu'il ne s'agisse de la Big Think Corp. ? En un éclair, elle envisagea toutes sortes de scénarios, imagina des catastrophes, tout comme elle avait tant de fois vu sa mère le faire. Elle était persuadée que cela l'aidait à affronter le pire, mais voir

Ronan si désemparé lui donnait envie de barricader la porte et de prendre ses mains dans les siennes jusqu'à ce qu'il se sente prêt à lui dire ce qu'il s'était passé. Mais ce n'était pas son rôle, elle ne devait pas l'oublier.

— Ronan, dites-moi ce qu'il vous arrive.

Soudain, il cligna les yeux, et quelque chose dans son visage sembla s'adoucir, simplement parce qu'il savait qu'elle était là. Instinctivement, Hadley se dirigea vers lui. Elle s'accroupit près de sa chaise, lui prit la main et lui dit :

— Ronan, tu me fais peur. Parle-moi...

Elle était passée le plus naturellement du monde au tutoiement, et il ne sembla même pas le remarquer.

— C'est mon père, dit-il d'une voix tranchante.

Hadley tressaillit, et son corps réagit à cette annonce en se crispant légèrement. Qu'est-ce que Constantin Gerard avait bien pu faire ? Détourner des fonds ? C'était possible. Avoir une vie secrète, voire une seconde famille ? Elle l'en croyait capable. Et s'il était accusé de harcèlement sexuel... ou pire ? Elle espérait que ce ne serait pas le cas.

Elle fit courir ses doigts sur sa paume, comme sa mère lui avait appris à le faire pour se calmer. Ronan laissa échapper un soupir de soulagement et lui adressa un sourire triste.

— Pourquoi me quittes-tu, Hadley ? demanda-t-il dans un souffle.

Elle savait qu'il se défilait, mais elle ne se laissa pas prendre au piège.

— Parle-moi de ton père, dit-elle.

— Je ne peux pas.

— Pourquoi ? À cause de ce qui s'est passé il y a des années ?

Elle secoua la tête. C'était de l'histoire ancienne. Cela n'avait rien à voir avec eux, ni avec la raison de son départ, si c'était ce qui l'inquiétait. En le voyant baisser les yeux, elle comprit que c'était le cas. Pas étonnant qu'il ait été si insaisissable, si difficile à cerner : il se protégeait contre son père.

— Les familles sont compliquées, dit Hadley.

Elle se redressa et lui lâcha la main. Puis, les genoux un peu flageolants, elle s'assit contre le bord de son bureau.

— J'aurais pu laisser tomber ma mère de nombreuses fois, tu sais. Elle a fait de mauvais choix et a commis beaucoup d'erreurs, à commencer par compter sur les hommes pour la sauver d'elle-même…

Hadley se demanda brièvement pourquoi elle évoquait sa propre mère, mais elle remarqua que Ronan buvait ses paroles, et n'eut pas d'autre choix que de continuer.

— Ai-je eu raison de la laisser faire ? Je ne le saurai jamais. Ce que je sais, c'est que je n'étais pas responsable de son comportement. C'était elle, l'adulte.

Elle regarda Ronan qui l'écoutait avec attention.

— Ton père a eu une vie avant ta naissance, et tu n'es pas, tu n'as jamais été responsable de ses actes. Tu n'as pas non plus toujours raison, c'est certain, mais nous faisons tous de notre mieux avec les outils dont nous disposons. Nous n'avons pas d'autre choix…

Lorsqu'elle s'arrêta enfin, ses mots résonnèrent longtemps entre eux, et elle se sentit soudain plus légère. Libérée aussi, car c'était la première fois qu'elle lui faisait ces révélations.

Ronan la regardait avec incrédulité, comme s'il avait du mal à concevoir qu'elle ait pu prononcer ces paroles. Il avait du mal à imaginer un monde dans lequel il ne s'efforcerait pas de réparer les erreurs de son père, en se lançant sans cesse de nouveaux défis.

— Qu'est-ce qu'il se passe avec ton père ?

Ronan se frotta la nuque, puis il détourna le regard et dit :

— Ma mère a appelé ce matin. Il est en train de mourir.

Hadley s'agrippa au bureau, tandis que des émotions contradictoires l'envahissaient.

— Mourir ? Mais… de quoi souffre-t-il ?

— D'un mélanome avancé. Il n'y a plus rien à faire.

— Oh…

Elle imagina Constantin Gerard en proie à cette terrible maladie et, aussi étrange que cela puisse paraître, elle éprouva de la compassion pour lui, malgré tous les torts qu'il lui avait causés – ainsi qu'à son fils. Il ne méritait pourtant pas une telle empathie.

— Je suis désolé, dit Ronan en se redressant sur la chaise. Je ne devrais pas t'embêter avec ça.

— Mais si. Parle-moi, Ronan.

— Eh bien…

Il s'arrêta. Il avait l'air vraiment désemparé, malheureux, alors qu'ils s'approchaient dangereusement du sujet tabou : la façon dont ils s'étaient rencontrés. Comme s'il en avait porté le poids pendant tout ce temps. Ce qui était le cas, parce qu'elle l'avait laissé faire. Mais il était temps de briser le silence. Plus que temps, même.

— Ce qui m'est arrivé ce soir-là, déclara-t-elle, était horrible. Humiliant. Effrayant. Ton père me harcelait depuis des heures. Il me faisait des avances quand je passais près de lui, tentait de me toucher. Je lui ai demandé plusieurs fois d'arrêter. J'ai été parfaitement claire. Pourtant, la situation n'a fait qu'empirer jusqu'à ce qu'il me suive dans la cuisine et exige que les autres partent, sous peine d'être virés sur-le-champ…

Soudain, le souffle lui manqua. Elle était sûre, pourtant, de vouloir continuer, mais c'était de plus en plus difficile à mesure que les souvenirs resurgissaient.

— Hadley...

La suppliait-il d'arrêter ? Non, ce n'est pas l'impression qu'elle avait. Comme s'il avait besoin de l'entendre, de l'affronter, de l'accepter. Comme si cela pouvait lui permettre d'aller de l'avant.

— Je l'ai repoussé, dit-elle en regardant par les immenses baies vitrées du bureau de Ronan, qui offraient une vue spectaculaire sur Melbourne. Je me tenais prête à le frapper, mais il m'a plaqué contre le banc avant même que je puisse esquisser un geste.

Ronan se leva lentement de son fauteuil, puis vint s'appuyer contre le bureau, à côté d'elle, pour mieux l'écouter.

Elle ne pouvait plus s'arrêter.

— Son souffle était chaud contre mon visage, ses yeux fous. Puis, tout à coup, tu m'as secourue... Et il est parti.

Hadley baissa les yeux. C'était Ronan qui regardait maintenant par la fenêtre.

— Je suis vraiment désolée, reprit Hadley, ton père est mourant et j'ai choisi ce moment pour...

— J'ai dû me retenir de le frapper, dit Ronan sans préambule. Mon poing était serré, prêt, et je me souviens avoir été dans une telle colère que j'avais l'impression que j'allais exploser. Mais en voyant la peur sur son visage, je me suis calmé. Je refusais d'entrer dans cette spirale de la violence, alors, j'ai fait ce que je pouvais faire de pire à ses yeux : je me suis détourné de lui. Je lui ai dit que je n'étais plus son fils et que s'il s'approchait de toi ou d'une autre femme, j'irais tout dévoiler dans la presse. J'écrirais un livre. Je dénoncerais son comportement au monde entier !

Hadley prit une profonde inspiration, puis déclara :

— C'était risqué ! Mais tu ne l'aurais jamais fait, pour ne pas me nuire.

À ce moment-là, Ronan se retourna pour lui faire face ; il semblait parfaitement calme, comme s'il avait surmonté le pire de la tempête.

— Avons-nous fait ce qu'il fallait ce soir-là, en le laissant partir ? demanda Hadley.

Ronan regarda sa bouche, puis ses yeux avant de lui répéter ses propres mots.

— Nous faisons tous de notre mieux avec les outils dont nous disposons. Nous n'avons pas d'autre choix.

Hadley ne se souvenait pas d'un moment où elle avait autant aimé cet homme : son empathie, sa force, sa détermination à porter le poids du monde sur ses épaules forçaient le respect. Elle n'aurait peut-être plus jamais l'occasion d'être aussi proche de lui.

Elle posa un regard sur son épaisse chevelure noire ébouriffée, l'azur de ses yeux rêveurs, son beau visage aux traits affirmés…

— Puis-je faire quelque chose pour t'aider ? demanda-t-elle.

Le regard de Ronan, qui avait scruté son visage comme elle avait scruté le sien, se mêla de nouveau au sien. Puis un sourire triste se dessina sur sa bouche.

— Ta présence m'aide beaucoup, tu sais.

Elle acquiesça.

— C'est normal de ressentir toute une foule d'émotions en ce moment, je crois… et de regretter que ton père n'ait pas été un homme différent.

Lors du décès de sa mère, elle avait elle aussi dû affronter tous ces sentiments.

— Tu comprends ?

Il acquiesça et, lorsqu'il serra sa main en signe de gratitude, il eut l'impression qu'une étincelle allait jaillir. Le courant passait entre eux, c'était une évidence. Il y a peu de temps encore, l'un d'eux se serait détourné, aurait chassé le malaise en plaisantant. Mais aujourd'hui c'était différent, et ils le savaient tous les deux.

Lorsque le regard de Ronan se posa de nouveau sur elle, brûlant de désir, elle eut l'impression que même la ville en contrebas s'était embrasée.

— Hadley...

Avant même de s'en rendre compte, Hadley se retrouva penchée vers lui – à moins que ce ne soit l'inverse ? Lentement, la distance qui les séparait disparut, leurs souffles se mêlant presque... Le cœur d'Hadley battait follement contre ses côtes et, tel un oiseau désorienté qui s'agite contre une fenêtre, elle commençait à se sentir étourdie. *Embrasse-le !* criait une petite voix dans sa tête. *Tu pars bientôt. Ne laisse pas passer ta chance de bonheur...*

Lorsqu'elle leva les yeux vers lui, elle le vit qui l'observait, le regard brûlant de désir. Et, contrairement à ce vestiaire obscur où ils s'étaient retrouvés coupés du monde, bien des années auparavant, c'était une lumière aveuglante, un soleil vif qui les entourait aujourd'hui. Ronan leva une main et chassa une mèche rebelle de son visage. Puis il s'approcha un peu plus, sa joue frôlant désormais la sienne de si près qu'elle ferma les yeux...

Elle sentait sa chaleur, le picotement de sa barbe, la douceur de ses lèvres contre sa pommette. Le souffle court, elle songea un instant que c'était le moment le plus érotique de toute sa vie, et elle en eut les larmes aux yeux.

Que faisait-elle ? Il venait d'apprendre que son père était mourant, et elle ne voulait pas, ne pouvait pas, en profiter ! Comment pourrait-elle se regarder dans la glace, après ça ?

La mort dans l'âme, elle murmura :

— Ronan... C'est une terrible nouvelle. Tu peux tenter de te distraire, mais cela ne la fera pas disparaître.

Ce ne fut qu'à ce moment-là que Ronan s'écarta d'elle, un peu brusquement, comme s'il sortait d'un rêve. Il se passa les deux mains sur le visage.

— Tu as raison. C'est vrai. Je suis désolé. Je...

— Arrête.

Elle ne voulait pas qu'il s'excuse pour quelque chose qu'elle avait initié. Parce qu'elle le désirait si fort qu'elle en avait mal...

Elle parvint à s'écarter du bureau pour le serrer dans ses bras. Ce qui, en tant qu'amie – or elle était son amie, ils avaient traversé trop d'épreuves pour prétendre le contraire – était ce qu'elle aurait dû faire en premier lieu.

— Appelle-le. Ou ne l'appelle pas, dit-elle. Quoi que tu décides de faire, je te soutiendrai.

— Merci, murmura-t-il contre son cou, tandis que ses bras la serraient à l'étouffer.

Elle eut le plus grand mal à se détacher de lui. Mais quel choix avait-elle ? Par un immense effort de volonté, Hadley réussit à sortir de son bureau. Ses jambes lui paraissaient de plomb.

Hadley regardait Ronan travailler à son bureau, de l'autre côté du couloir, en face d'elle. C'était officiellement sa dernière semaine en tant qu'assistante de direction. La dernière semaine où elle pouvait aller où elle voulait dans ce bâtiment qu'elle avait aidé à concevoir. La dernière semaine où elle aurait accès à tous les secrets de la Big Think Corp. La dernière semaine où elle pourrait transmettre ce qu'elle y avait appris à Jonas et, aussi, laisser sa marque. Mais elle ne pensait qu'à Ronan. Elle se demandait s'il avait appelé son père et si, sous ses airs de patron calme et serein, il se sentait toujours aussi démuni que l'avant-veille, lorsqu'il avait appris la terrible nouvelle. S'il continuait à penser à ce qu'il avait ressenti quand il s'était penché vers elle, sa peau frôlant la sienne, et qu'ils avaient failli s'embrasser.

Il se rassit sur sa chaise, joua avec sa cravate, puis rit à une phrase prononcée par le vieil ami d'université qu'elle lui avait passé quelques minutes plus tôt. Même à cette distance, il était tout à fait convaincant, mais le nœud de sa cravate était décentré, ce qui la chagrina. Elle tourna son fauteuil pour faire face à Jonas qui, les jambes croisées et son téléphone à l'oreille, discutait nonchalamment avec le nouveau partenaire de la Big Think Corp. qui se trouvait également être son parrain. Hadley avait dû se démener pour établir ce genre de relations, surtout dans les premiers temps. Ce n'était pas le cas de Jonas et elle s'en réjouit.

Il raccrocha, puis s'assit et nota les promesses faites par son interlocuteur afin qu'un contrat puisse lui être envoyé dès que possible, puis il demanda :

— Et ensuite ?

Ensuite ? Excellente question ! Il lui restait quelques jours pour faire ce qu'il fallait afin que Ronan puisse poursuivre sa mission dans les meilleures conditions possibles. Car, avec l'absence de Sawyer et de Ted – qui passait plus de temps avec Adelaïde au fur et à mesure que sa grossesse progressait –, la maladie de son père qui le forçait à affronter une époque de sa vie qu'il avait passé des années à tenter d'oublier, et le départ imminent de son assistante, la vie de son patron était bouleversée.

Tout à coup, Hadley comprit ce qu'elle devait faire. Ronan et son père étaient déjà en délicatesse bien avant qu'elle n'arrive. Constantin Gerard n'était pas la figure paternelle qu'aurait méritée son fils. Mais il y avait un homme qui, contrairement à ce dernier, faisait toujours passer sa famille en premier et avait toujours été un travailleur acharné.

Elle se tourna vers Jonas.

— Connaissez-vous Holt Waverly ?

Jonas poussa un long et lent soupir.

— Bien sûr que je le connais ! Cet homme est une légende. Mais son côté cow-boy à l'ancienne me déroute un peu…

C'était exactement ce que pensait Hadley. Ronan s'était lancé à l'assaut de Holt de manière virile, frontale. Hadley avait essayé, en vain, de le convaincre qu'il y avait une autre voie. Père de trois filles, Holt Waverly pourrait être sensible à une énergie plus… féminine.

— Pourquoi ? demanda Jonas.

Hadley avait ouvert sa tablette et tapait à toute vitesse.

— Ma mission est de faire en sorte que cet homme devienne un allié pour nous.

— Travailler à un avenir meilleur est dans notre ADN ! gronda Ronan tandis que l'image de Sawyer s'affichait sur l'écran mural de la salle de réunion.

— Comment est-ce possible ?

Le visage de Sawyer se figea : sa bouche était entrouverte, ses sourcils froncés... Clairement, la connexion avec New York n'était pas bonne. Une fois de plus, Ronan attrapa la balle qu'il était en train de presser dans sa main et la lança sur le mur, à côté de l'écran, juste au moment où Hadley passait la porte, manquant sa tête de quelques centimètres.

Elle se baissa, avant de lui lancer un regard féroce.

— Toutes mes excuses, dit-il. Cette balle était destinée à Sawyer.

Hadley regarda l'écran. À côté du visage comiquement figé de Sawyer, on voyait Ted assis dans son bureau, les bras tendus vers sa fille, Katie, qui grimpa sur ses genoux en criant « Papa ! Papa ! »

Ronan éteignit son ordinateur portable sans prendre la peine de dire au revoir, et le logo de la Big Think Corp. s'afficha un instant sur l'écran.

— Tout se passe bien ? demanda Hadley.

Ronan soupira. Alors qu'il avait eu un bref sentiment de répit la semaine précédente, depuis le coup de téléphone de sa mère tout semblait s'accélérer. Hélas, il ne pouvait pas se défiler. La Big Think Corp. était une entreprise sérieuse, le fait de savoir que c'était la dernière semaine d'Hadley le stressait plus que de raison.

Les yeux fermés, il la revit lui prendre les mains et insister, avec véhémence, sur le fait qu'il n'était pas responsable des actes de son père. Hadley, dont le visage s'était illuminé lorsque sa peau avait touché la sienne... Le regard qu'elle avait posé sur lui, à ce comment-là, était si doux et si ardent à la fois qu'il s'était senti fondre. Heureusement, il s'était ressaisi, se contentant d'apprécier la senteur fleurie de ses cheveux, la soie de sa peau...

— Ça va, patron ? lança-t-elle, la télécommande en main, alors qu'elle éteignait l'écran.

Il s'assit et la regarda déplacer le fauteuil de Ted et ranger les balles de Sawyer. Les pointes de ses cheveux noirs dansaient sur ses épaules, lui donnant une allure juvénile.

Il se perdit dans la contemplation de son profil d'une beauté bouleversante, ses longs cils, ses lèvres rouges et pleines, son nez pointu et son menton têtu. Sa robe pailletée, qui moulait ses hanches et s'évasait en dessous du genou, lui donnait l'air d'une star de cinéma.

Quand elle s'aperçut qu'il la fixait, elle se redressa, et il eut soudain l'impression que la température venait d'augmenter dans la pièce.

— Non, pas du tout, grommela-t-il.

Répondait-il à sa question, ou bien étaient-ce d'autres questions qui se bousculaient dans sa tête ? Comment savoir ?

— J'ai besoin de connaître les détails de notre contrat avec Hobart, et la connexion de Sawyer était de trop mauvaise qualité pour qu'on puisse en discuter !

— A-t-il parlé de la tempête de neige ? demanda-t-elle.

Ronan pensa qu'il l'avait peut-être fait, mais que cela lui avait échappé, obsédé qu'il était par le départ prochain d'Hadley.

— Dis-moi que tu m'adores et que je suis merveilleuse ! dit-elle en joignant les mains, un sourire radieux se dessinant sur son superbe visage.

Ronan se figea, et il eut l'impression que son cœur s'arrêtait lui aussi. Car, même s'il savait qu'elle ne parlait pas d'amour romantique, ses mots l'avaient touché au plus profond.

— J'ai réservé le jet pour cet après-midi, reprit Hadley. Nous avons rendez-vous à Adélaïde... avec Holt Waverly.

Incapable de prononcer un seul mot, il la regarda, stupéfait.

— Pas la peine de me remercier, conclut-elle avant de quitter la pièce. Vois cela comme mon cadeau d'adieu, et tiens-toi prêt à partir à l'aéroport dans deux heures. Oh ! c'est Jonas qui t'accompagnera...

— Hadley...

— Pas de discussion ! lança-t-elle. Jonas sera merveilleux, tu verras. Vous ferez mieux connaissance pendant le vol.

Sur ces mots, elle disparut, si vite qu'il aurait pu croire à un tour de magie.

Une fois seul, Ronan se prit la tête dans les mains. Holt Waverly... Comme il aurait aimé décrocher lui-même ce rendez-vous ! Cependant, son orgueil n'était pas blessé le moins du monde, et il songea que c'était là un beau cadeau d'Hadley Moreau qui, déjà, lui avait fait prendre conscience de tout ce qui l'opposait à son propre père.

— Tu es prête ?

Hadley leva les yeux de son ordinateur et s'arrêta un instant sur Ronan, debout dans l'embrasure de la porte, les mains dans les poches, sa chemise bleu pâle boutonnée sur son torse imposant.

— Prête à quoi ? demanda-t-elle.

— À partir en voyage d'affaires, dit Ronan.

Le nœud de sa cravate était tellement de travers qu'elle

aurait pu croire que c'était délibéré si elle ne le connaissait pas si bien.

— Allez, on y va. Il est temps de partir au combat ! lança-t-il.

Elle cligna les yeux.

— Je ne viens pas. C'est Jonas qui t'accompagne.

— Changement de programme ! annonça-t-il avec un sourire insolent.

Il était si beau, si sexy, qu'elle sentit son cœur s'affoler, en même temps qu'un sentiment de panique l'envahissait : enfin, elle allait rencontrer le redoutable et redouté Holt Waverly ! Serait-elle à la hauteur ?

— Relevons un dernier défi toi et moi, d'accord ?

Puis il donna un léger coup sur le chambranle de la porte et partit. De tout ce qu'ils avaient accompli ensemble au sein de la Big Think Corp., ce qu'elle préférait était la recherche d'un nouveau partenaire commercial : les bagages légers, les séjours dans des hôtels de luxe, le jet privé, les journées longues et fatigantes dont Ronan et elle passaient chaque minute ensemble… Et lorsqu'une réunion se passait bien, qu'ils étaient tous les deux parfaitement en phase et convainquaient leurs interlocuteurs, plus rien d'autre n'existait.

Même si elle était tentée de faire cet ultime voyage avec son patron, ce n'était tout simplement pas une bonne idée. Elle ne devait surtout pas oublier qu'ils avaient failli s'embrasser, et que l'atmosphère entre eux restait électrique. Quant au fait que Ronan l'ait décrédibilisée en changeant ses plans, eh bien, ce n'était tout simplement pas dans les habitudes de l'entreprise, et elle allait le lui faire savoir !

Elle se leva et s'élança derrière lui.

— Attends !

Mais Ronan continua d'avancer. En passant devant Kyle, occupé à pianoter sur son ordinateur, elle demanda :

— Où est Jonas ?

Kyle haussa les épaules.

— Ronan, attends ! répéta-t-elle. J'ai trop de boulot pour partir, et Jonas doit faire ses gammes, tu t'en souviens ?

Soudain, Ronan s'arrêta, puis il se retourna et dit :

— Je m'en moque.

Quelque chose dans sa voix – son assurance, son entêtement – déclencha sa fureur.

— Je n'irai pas ! gronda-t-elle.

Il répliqua aussitôt.

— Si, tu iras. C'est grâce à toi que cette rencontre a pu avoir lieu, alors que toutes mes tentatives avaient échoué jusqu'à présent. Tu auras tout le temps, dans l'avion, de m'expliquer comment tu as réussi ce tour de force. De plus, je te rappelle que tu travailles toujours pour moi. Ce qui veut dire que c'est moi qui décide des priorités. Et pour l'instant, la priorité, c'est Holt Waverly !

Cette lueur dans ses yeux, ces paroles fortes, ne firent qu'attiser son esprit de rébellion. Il venait de lui rappeler ce qui, durant des années, avait été le moteur de leur relation si particulière, et cela dépassait depuis toujours les simples exigences du travail…

Alors que son cœur battait follement contre ses côtes, Hadley se rendit compte que la frustration était bien plus facile à gérer que les sentiments, le désir et la vulnérabilité. Si elle voulait que tout se passe bien jusqu'à la fin, le seul moyen était peut-être de céder du terrain.

— Très bien, dit-elle alors. Je viens.

— Parfait ! répliqua Ronan en pivotant sur ses talons.

Nous passerons la nuit sur place, alors réserve-nous une suite. Un endroit mémorable pour notre dernier voyage ensemble.

Sur ces mots, il fronça les sourcils et disparut dans son bureau.

— Oui, patron ! lança-t-elle avec une ironie mordante. Comme vous voulez, patron !

Heureusement qu'elle ne travaillait pas en *open space*, et que seul Kyle avait été témoin de cet échange. Kyle qui lui sourit gentiment en lui faisant un petit signe complice de la main.

6

— Où sommes-nous donc ? demanda Ronan alors qu'ils entraient en courant dans le hall du motel pour éviter les trombes d'eau qui s'abattaient sur eux depuis qu'ils étaient descendus du jet de la Big Think Corp.

Lorsque le taxi les avait déposés, ils avaient dû se faufiler entre les gros camions qui remplissaient le parking du motel pour atteindre la réception. Le Big D Motel pour être précis – un relais routier de plain-pied, à toit plat, situé un peu à l'écart de Sir Donald Brandman Driven, un axe très fréquenté.

Hadley ressentit un frisson de plaisir malsain en voyant la stupeur dans les yeux de Ronan lorsqu'il découvrit la composition de fleurs séchées, les rideaux de dentelle jaunis et le bureau d'accueil en lambris marron où trônait un petit sapin de Noël en plastique.

— Voici notre petit nid pour la soirée, dit Hadley en désignant l'endroit d'un ample geste du bras.

— Je ne comprends pas.

— Bien sûr, ce n'est pas le genre d'établissement où nous avons l'habitude de descendre, ajouta-t-elle.

D'habitude, en effet, ils louaient une luxueuse suite à deux chambres dans un hôtel cinq étoiles ridiculement cher, et n'ouvraient jamais le panier de fruits frais offert par la direction. C'était Ronan qui réglait la facture, et non la Big Think Corp., dont il ne voulait pas grever le budget.

Savourant la mine déconfite de son patron, Hadley poursuivit.

— Lorsque tu m'as demandé de choisir un endroit mémorable, je me suis souvenue d'un séjour ici avec ma mère, lorsque j'avais sept ou huit ans. Comme je n'avais jamais dormi dans un motel auparavant, j'avais trouvé ça super confortable à l'époque.

Lorsque le regard de Ronan se posa sur elle, elle battit des cils de façon angélique. Elle savait qu'il n'oserait pas répliquer, car il connaissait l'histoire difficile de sa pauvre mère. Ses paupières se plissèrent, et si ses yeux avaient été des revolvers, elle serait morte sur place. Heureusement, un bruit sourd se fit entendre derrière le guichet de la réception, où une femme venait de prendre place. En lisant son badge, Hadley sourit et dit :

— Dorinda, c'est bien ça ? Je suis Hadley Moreau, et voici mon patron, Ronan Gerard. J'ai appelé tout à l'heure pour réserver deux belles chambres dans votre établissement pour ce soir.

La femme cligna les yeux devant l'enthousiasme d'Hadley, puis son regard se porta sur Ronan qui regardait autour de lui comme s'il était en plein cauchemar.

— Vous voulez deux chambres ? dit Dorinda, en s'empressant de chercher leur réservation. Je suis désolée, ma chère, mais nous n'en avons noté qu'une seule…

Le sourire d'Hadley s'effaça.

— Une seule ? demanda-t-elle d'une voix blanche.

— Oui. Une chambre, deux lits jumeaux. Cela vous convient-il ?

Dorinda se tourna de nouveau vers Ronan, son expression montrant clairement qu'elle pensait que deux lits seraient une mascarade. Lorsque Ronan s'approcha d'elle, Hadley sentit ses joues rougir.

— Si vous pouviez changer la réservation et nous donner deux chambres, ce serait parfait, dit-elle. Il n'est même pas nécessaire qu'elles soient proches l'une de l'autre.

— Hélas, c'est impossible, dit Dorinda en faisant claquer sa langue. Il y a un concours de camions, cette semaine, et vous avez profité d'une annulation de dernière minute...

Elle avait voulu jouer et elle avait perdu ! songea Hadley, amère. Finalement, elle n'aurait rien dû changer à ses habitudes et réserver dans un cinq étoiles. À quoi bon vouloir provoquer Ronan Gerard, de toute façon ?

Résignée, Hadley ouvrait la bouche pour remercier Dorinda lorsque Ronan prit la parole.

— Ne vous inquiétez pas, Dorinda, dit-il en entourant de son bras les épaules d'Hadley, avant de saisir de sa main libre la clé que la réceptionniste lui tendait. Viens, Hadley, allons nous installer dans notre belle chambre et préparons un peu cette réunion !

— Mais...

Hadley regarda Dorinda qui posa sur Ronan un regard complice et demanda :

— C'est vous qui réglez le dépôt de garantie, monsieur ?

Hadley posa dans le placard le petit sac de voyage qu'elle gardait toujours à portée de main dans son bureau, et découvrit que Ronan avait déjà pris possession de la salle de bains. Elle observa le papier peint démodé, les plafonds en stuc et la moquette marron foncé qui avait connu des jours meilleurs. Les lits jumeaux, avec leurs édredons rouge et or et leurs oreillers dépareillés sur le thème de Noël, paraissaient presque coquets dans ce décor d'un autre âge. Épuisée par la tension qui régnait entre Ronan et elle, et par son travail acharné des dernières semaines, Hadley se laissa tomber comme d'habitude sur le lit le plus proche de la porte. Elle réprima une grimace en entendant le sommier grincer, avant d'éclater de rire. Car tout cela était grotesque : son travail, sa vie, son départ de la Big Think Corp... Tout cela pour se retrouver au Big D Motel, vêtue d'une robe qui coûtait plus cher que cinq nuits dans cette chambre et dont le tissu délicat lui collait à la peau.

Soudain, le bruit d'une douche lui fit tourner la tête vers la salle de bains. Une ombre passa sous la porte et elle se raidit en imaginant Ronan nu à quelques mètres d'elle...

Pour se distraire de ces pensées interdites, elle alluma la télévision et changea de chaîne jusqu'à ce qu'elle tombe sur une émission de téléréalité qu'elle ne connaissait pas. Et elle monta le son, très fort. Quelques minutes plus tard, la porte de la salle de bains s'ouvrit sur Ronan qui, une fois de plus, ne portait rien d'autre qu'une serviette ceinte autour de ses hanches. Discrètement, elle lui tourna le dos.

— Tu as pris mon lit ! protesta-t-il en fondant sur elle.

— Je ne t'ai pas entendu dire « prem's » !

— Et pourtant, je choisis toujours le lit le plus proche de la porte.

Alors qu'elle s'apprêtait à lui conseiller de prendre une chambre individuelle, si celle-ci ne lui convenait pas, elle s'abstint en le voyant froncer les sourcils. Au lieu de cela, elle bondit hors du lit, en contourna l'extrémité et s'assit sur l'autre, tout en faisant de son mieux pour ne pas s'approcher trop près de lui.

— Alors, tu te promènes à moitié nu, maintenant ? lui lança-t-elle.

— Et pourquoi pas ? répliqua-t-il en désignant sa chemise mouillée sur le dossier d'une chaise.

Elle était toute plissée, et dans un hôtel digne de ce nom, on la lui aurait lavée et repassée en une heure.

— Ronan…

En le voyant fouiller dans sa valise à la recherche d'une chemise propre, elle se leva et contourna le lit.

— Ronan…

Il choisit ce moment pour se diriger à grandes enjambées vers la chaise où son pantalon était posé, et la heurta au passage. Instinctivement, elle posa ses deux mains sur sa poitrine et lorsque l'élan la fit basculer en arrière, une main lui entoura fermement la taille. Elle se retrouva agrippée à son patron à moitié nu et tout aussi troublé qu'elle. Il fixa sa bouche, tandis qu'elle promenait son regard sur ses muscles sculptés, ses cheveux noirs en bataille et ses épaules solides.

— Qu'est-ce qui t'arrive aujourd'hui ? demanda-t-il d'une voix rauque, après l'avoir aidée à reprendre son équilibre.

— Bonne question, murmura-t-elle.

Une question à laquelle elle ne pouvait pas répondre sans se trahir. Lentement, elle se libéra de son étreinte, mais lorsque la main frôla son cou et ses cheveux, elle sentit une onde de chaleur traverser tout son corps.

— Ronan, dit-elle avec douceur, ouvre les yeux. Les choses ont été un peu compliquées ces dernières semaines. Et peut-être qu'en réservant dans ce motel j'ai commis une erreur de jugement. Mais c'est ainsi, et nous ne pouvons rien y changer maintenant. Et il nous reste quelques heures avant de rencontrer Holt Waverly, ce qui, je le sais, est très important pour toi.

Il ne répondit pas, et elle comprit qu'il attendait qu'elle poursuive. Alors, après avoir humecté ses lèvres sèches, elle reprit :

— Voici donc ce que je te propose : allons déjeuner ! J'ai un endroit sympa en tête. Après, nous irons acheter des vêtements secs, avant d'aller faire à Holt Waverly une offre qu'il ne pourra pas refuser !

Elle termina son discours en faisant le « V » de la victoire avec ses doigts mais, au fond d'elle-même, elle ne pouvait s'empêcher de penser qu'il y a quelques instants encore, elle était dans ses bras, et qu'ils avaient failli...

Stop ! Elle ne devait plus penser à cela, sous peine de réduire tous ses efforts à néant.

— D'accord, répondit-il.

Ragaillardie, Hadley passa à l'action. Elle pivota sur elle-même, se dirigea vers la valise de Ronan, attrapa une tenue propre et la jeta par-dessus son épaule.

— Tu peux mettre ça, pour l'instant.

— Très bien, dit-il, un sourire dans la voix, mais sans oser se retourner de crainte de croiser son regard brûlant.

Après avoir trouvé sa propre tenue de rechange, elle se glissa dans la salle de bains et s'adossa au battant, les yeux fermés, les jambes tremblantes. Puis elle se changea du plus vite qu'elle put et, une fois habillée, elle demanda :

— Tu es prêt ?

— Je suis prêt.

Elle vérifia une dernière fois sa tenue dans le miroir, sourit à son reflet et retourna dans la chambre. Ronan se tenait près de la porte, vêtu d'un T-shirt gris et d'un jean qui moulait ses jambes musclées.

C'est votre dernier voyage ensemble, se dit-elle. *Alors tâche d'en profiter, et de décrocher ce contrat ! Rien d'autre ne compte. Rien.*

— Je vais appeler une voiture, alors, dit-elle d'une voix beaucoup trop aiguë. On va y arriver, promis !

Son regard était indéchiffrable, et elle eut l'impression qu'il avait mis une distance invisible entre eux. Elle attrapa son sac à main tandis qu'il ouvrait la porte, et ils sortirent.

Dehors, la pluie avait cessé, et le soleil tapait maintenant sur le sol mouillé. Ronan écarta les bras et prit une profonde inspiration, tandis qu'un frisson d'excitation parcourait son corps. Aujourd'hui, il allait enfin faire ce qu'il voulait faire depuis qu'il la connaissait. Et ce serait grâce à elle...

Soudain, il se tourna vers elle, le sourire aux lèvres, et lança :

— Finissons-en, madame Moreau ! Et remportons ce marché !

Si les genoux d'Hadley cédèrent un peu, elle se ressaisit à temps pour monter dans la voiture qui les attendait.

Holt Waverly était tel qu'on le leur avait décrit. Ronan regarda l'homme grand, robuste, aux allures de sportif, qui entrait dans le hall. Lorsqu'il souleva son chapeau, il remarqua sa coiffure impeccable.

À sa gauche, il entendit Hadley souffler :

— En effet, il est de la vieille école...

Ronan sourit. Il savait comment s'y prendre avec ce genre de personnage. Soudain, Hadley fit un pas vers lui et entreprit d'ajuster son nœud de cravate.

— Voilà, c'est mieux, dit-elle après avoir lissé une dernière fois le tissu de soie. Beaucoup mieux.

— Si tu le dis ! lança-t-il.

De l'autre côté du hall, le regard de Waverly s'arrêta sur le sien, et il eut l'impression que l'homme l'avait percé à jour.

La main tendue, Ronan s'avança vers lui.

— Monsieur Waverly, dit-il. Ravi de faire votre connaissance. Merci beaucoup de nous recevoir...

— Enchanté, monsieur Gerard...

Holt saisit la main de Ronan et la serra suffisamment fort pour le surprendre. Mais au même moment son regard se posa sur Hadley, et un large sourire apparut sur son visage buriné.

— Vous devez être Hadley ? ajouta-t-il. Je croyais que vous ne seriez pas du voyage...

Puis il ouvrit les bras pour une étreinte, et Ronan vit Hadley s'avancer vers lui – ce qui était rarissime, car elle n'appréciait guère les embrassades.

— Un changement de dernière minute, expliqua-t-elle en offrant à leur interlocuteur son plus beau sourire. J'ai tout de même réussi à entraîner mon patron chez Jensen's pour déguster le fameux steak Waverly, exactement comme vous l'aviez suggéré.

Holt plissa ses célèbres yeux bleus.

— Et comment l'avez-vous trouvé ? demanda-t-il.

— Absolument parfait ! Je me suis régalée, et mon patron aussi !

Le vieil homme rit, visiblement ravi, tandis que Ronan observait Hadley, impressionné par le charme et l'intelligence qu'elle savait déployer en toutes circonstances. Elle le surprenait tous les jours, et il adorait ça !

Il dut laisser échapper un bruit, car Hadley jeta un bref coup d'œil dans sa direction, avant de se tourner vers Holt.

— Mais ce déjeuner est déjà loin, reprit-elle, et je suis affamée. On y va ?

Holt acquiesça et Hadley entraîna les deux hommes. Elle était perchée sur des talons hauts, mais elle marchait à un tel rythme qu'ils avaient du mal à la suivre. Ronan remarqua qu'elle portait des bas noirs à couture arrière qui mettaient en valeur ses longues jambes minces et vit que Holt, à son côté, avait capté son regard.

— Pourquoi ai-je l'impression que mon assistante vous a ensorcelé ? lâcha-t-il sans préambule.

Holt lui jeta un regard malicieux.

— Peut-être parce que c'est aussi le cas pour vous ?

Ronan lui rendit son regard.

— Touché ! Vous savez que cela fait très longtemps que je cherche à vous rencontrer ?

Holt sourit d'un air entendu.

— Alors, comment a-t-elle fait ? demanda Ronan.

— C'est une mercenaire ! Elle a approché ma plus jeune fille, Matilda, par le biais d'un ami commun. En trois minutes de conversation téléphonique, elle a réussi à évoquer le fait qu'elle n'avait jamais connu son père et admirait ma complicité avec mes propres filles. Elle a su jouer sur la corde sensible...

Holt posa sur Ronan un regard pensif, puis reprit :

— Puis, après m'avoir amadoué, elle m'a parlé de vous. De votre vision, de votre détermination à mettre votre argent, votre temps et votre énergie au service des autres et du bien commun. Elle m'a dit que, sous des dehors un peu rigides, vous étiez un homme bon et que, si je ne vous écoutais pas, c'est que je n'étais pas aussi malin que je le pensais. Et me voilà !

Alors qu'Hadley entrait d'un pas décidé dans un élégant hôtel-restaurant, puis s'adressait à un serveur qui la laissa choisir sa table, Holt ajouta :

— Cette jeune femme est une vraie perle !

— J'en suis bien conscient ! répondit Ronan.

Hélas ! Il ne pouvait pas la garder ! Comme il se rappelait cette triste réalité, une foule de pensées interdites envahirent son esprit, et il se souvint des moments qu'il avait vécus avec Hadley au fil des ans – et qu'il avait gardés enfouis au plus profond de lui-même.

Le dîner se déroula dans une ambiance détendue. Ronan resta légèrement en retrait, se contentant de suivre la conversation qu'Hadley et Holt avaient engagée. Il savait qu'elle faisait exactement ce pour quoi il l'avait payée : lui faciliter la tâche. Elle parla des trois grandes filles de Holt, puis des différents morceaux du bœuf comme un sommelier parlerait du vin, tandis que Ronan observait et apprenait. Car elle ne laissait rien au hasard, et il comprit que l'élève avait dépassé le maître…

La grande question était de savoir pourquoi elle se donnait autant de mal à conquérir ce dernier client. S'excusait-elle d'avoir réservé cette chambre d'hôtel ridicule ? Ou voulait-elle finir son contrat en beauté, et lui offrir un dernier succès ? Elle savait qu'il tenait beaucoup à faire de Holt son partenaire en affaires. Parce qu'elle le connaissait, avec ses moindres défauts, ses moindres faiblesses. Et pourtant, elle avait dit à Holt Waverly qu'il était un homme bon – du moins était-ce le mot que celui-ci lui avait rapporté, et… il n'arrivait pas à s'en défaire.

Ronan laissa échapper un soupir, tandis qu'une digue cédait soudain en lui. Désormais, il se surprenait à imaginer une vie en dehors de la Big Think Corp. Une vie faite de longs week-ends, de matins paresseux, de soirées au cinéma… Il sentait naître en lui le désir de partager sa vie avec quelqu'un d'autre, et cela le terrifiait. Car il avait réussi à protéger son cœur contre l'invasion, contre la tyrannie, pendant si longtemps qu'il avait cru qu'il était trop tard pour changer.

Mais quand l'insaisissable, la délicieuse Hadley Moreau était entrée dans sa vie, il avait été si troublé, si bouleversé qu'il n'avait d'abord pas su gérer la situation. Au fil du temps, elle avait conquis tout son être, et il la désirait si fort que c'en était parfois douloureux. Il la voulait dans ses bras, dans son lit, dans sa vie. Malgré toutes ces années passées auprès d'elle, il n'arrivait toujours pas à lui offrir ce qu'elle semblait désirer autant que lui. Oui, elle méritait bien mieux que lui, il en était certain. Il garderait donc la Big Think Corp. et il la perdrait. C'était ainsi, et rien de ce qu'il ferait n'y changerait rien.

— Ronan ?

La voix d'Hadley interrompit sa rêverie et il cligna les yeux. Holt venait de lui poser une question qu'il répéta :

— J'ai été désolé d'apprendre que votre père était malade. Comment va-t-il ?

Désarçonné, il ouvrit la bouche pour répondre, mais aucun son n'en sortit. Comme il luttait contre l'envie de desserrer sa cravate, il sentit une main sur sa cuisse et, aussitôt, s'entendit répondre :

— Mon père et moi ne sommes pas très proches, vous savez. Ce n'est un secret pour personne.

Il leva alors les yeux vers Hadley qui l'encouragea du regard, la main toujours posée sur son genou. Il continua.

— Nous avons des valeurs très différentes pour ce qui est des affaires, de la politique, de la famille… Mais malgré tout c'est difficile de le savoir fragilisé.

Holt hocha la tête, et Ronan se demanda s'il avait bien fait de lui dévoiler ainsi sa vie privée. Comment serait-il jugé ? Comme un homme courageux ou, au contraire, comme un faible ? Sans pouvoir se retenir, il poursuivit :

— Je vous envie, vous savez, car vous semblez entretenir des liens étroits avec votre famille. C'est ce genre de liens que j'ai tenté de créer au sein de la Big Think Corp.

Hadley retira sa main.

— Je sais aussi, continua Ronan, que vous vous souciez de ce que vous allez laisser derrière vous. Et je ne parle pas de biens matériels, mais plutôt d'un héritage humain, intellectuel, familial… C'est pourquoi je pense que vous et moi nous ressemblons beaucoup. Notre objectif est le même que le vôtre, mais à une échelle différente.

— Nous voulons sauver le monde, déclara Hadley, en énonçant la mission à la fois simple et ambitieuse de la Big Think Corp.

— C'est un vrai défi, dit Holt, en s'adossant à son siège.

S'il croisait les bras, ils auraient perdu la bataille, Ronan le savait. Mais il n'en fit rien, et Ronan le vit tambouriner des doigts sur la table.

Dans un sourire, Ronan répondit :

— Un défi gigantesque, ajouta-t-il. Voulez-vous nous aider ?

Lorsque Hadley pressa de nouveau sa cuisse, il sut qu'il

venait de remporter une bataille. Glissant la main sous la table, il prit la sienne et leurs doigts se mêlèrent. Ils formaient un duo de choc, et ils étaient sur le point de remporter un succès inouï. Mais comme tout cela semblait dérisoire, comparé à sa peau douce et chaude contre la sienne !

Lorsque le regard d'Hadley croisa le sien, il sentit une vague de chaleur l'envahir, et son cœur se mit à cogner dans sa poitrine. Il lâcha sa main, tandis que Holt prenait son verre et le levait, lentement.

Retenant son souffle, Ronan l'imita.

— Certaines propositions ne se refusent pas, dit le vieil homme. Et il y a des héritages dont on peut être fier.

Lentement, il heurta le verre de Ronan, puis celui d'Hadley, avec le sien.

— À nos familles, et à l'avenir...

Par ces mots, Ronan sut que Holt Waverly venait de décider de faire alliance avec lui – et avec son entreprise.

7

Hadley était en pleine effervescence. Si le succès était un aphrodisiaque, il n'était pas étonnant qu'elle ait développé au fil des années un désir brûlant pour Ronan Gerard !

Sur la banquette arrière de la voiture qui roulait sur l'autoroute, Hadley frissonnait dès que Ronan se penchait vers elle. Elle avait besoin d'évacuer son trop-plein d'énergie mais hélas, elle devait se retenir.

Était-elle vraiment prête à renoncer à tout cela ? se demanda-t-elle soudain. Certes, l'homme qui se trouvait à son côté l'épuisait et menaçait de réduire son cœur en miettes, mais elle ne pouvait pas se résoudre à le quitter, lui et le job de rêve qu'il lui avait offert et qu'elle adorait. Avoir un objectif et tout faire pour l'atteindre était puissamment addictif et à chaque fois qu'elle remportait un succès elle n'avait qu'une envie : recommencer…

Lorsque la voiture s'arrêta sur le parking du Big D, Hadley saisit la poignée de la portière avant même qu'elle soit à l'arrêt.

— Attends… souffla Ronan lorsqu'elle fut descendue.

Mais elle n'en pouvait plus. Elle avait hâte de regagner leur chambre, et d'enlever cette robe trop serrée. En sentant une main sur son poignet, elle se retourna.

— Attends, répéta Ronan.

La gorge nouée, elle le regarda. La lumière du soir créait des ombres sur ses joues, et elle ne pouvait pas distinguer ses yeux. Elle haussa un sourcil interrogateur.

— Eh bien, qu'as-tu donc de si important à me dire ? demanda-t-elle, d'un ton qu'elle espérait léger malgré la tension qui l'habitait.

Il l'observa encore un moment, puis la lâcha comme s'il s'était brûlé. Comme d'habitude, il soufflait le chaud et le froid, songea-t-elle. Dès qu'une étincelle jaillissait entre eux, il s'empressait de la rejeter, créant en elle une immense frustration. Elle était sur le point de baisser les yeux quand il dit :

— Merci.

Hadley sentit son souffle se bloquer dans sa poitrine. Elle savait exactement de quoi il voulait parler.

— Je t'en prie. Certes, je t'ai préparé le terrain, mais c'est toi qui as conquis Holt Waverly, Ronan. Tu t'es montré très sincère, et c'est pour cela que tu as remporté la partie. Bravo !

Il la regarda, puis prit sa main.

— Je ne voulais pas dire seulement pour ce soir.

— Oh...

— Je voulais parler de tous les soirs. Et les jours. Et les week-ends. Pour toutes les années que tu as données à...

Il marqua une pause, prit une profonde inspiration, puis acheva :

— ... la Big Think Corp.

Hadley déglutit avec peine. Cela ressemblait à un adieu, et ça faisait mal.

— Tout le plaisir a été pour moi, réussit-elle à articuler. Et puis, je n'ai fait que mon travail.

Le regard de Ronan s'assombrit, et il fit quelques pas dans

sa direction. Elle se sentit basculer vers lui, comme happée par un aimant. Il ajouta d'une voix rauque :

— Waverly m'a tout raconté, tu sais.

— Comment ça ?

— Ce que tu lui as dit pour le convaincre de me rencontrer…

Il marqua une pause, leva les yeux vers le ciel piqueté d'étoile et poursuivit :

— Tu lui as dit que j'étais un homme bon.

— Oh… Tu veux savoir ce que j'ai vraiment dit ? lança-t-elle en faisant un pas vers lui.

Ses yeux cherchaient les siens, comme s'il voulait connaître la vérité – sa vérité. Et elle eut l'impression que si elle ne se livrait pas tout entière, il resterait là, sur le parking du motel, à attendre qu'elle reprenne la parole. Son regard était si intense qu'elle sentit un frisson courir dans tout son corps.

— J'ai dit à Holt Waverly que même s'il voulait donner l'image d'un vieux cow-boy coriace, quiconque le regardait avec un peu d'attention pouvait voir qu'il était un écologiste dans l'âme. Un homme qui voulait que l'air de l'Outback soit aussi frais et sain pour ses futurs petits-enfants qu'il l'avait été pour lui.

Elle reprit son souffle, avant de poursuivre.

— Je lui ai dit aussi que, de la même manière, tu n'étais pas forcément l'homme d'affaires impitoyable qui avait choisi de concentrer ses efforts dans les secteurs qui génèrent le plus de profits, et que ton véritable moteur était d'aider les gens, de rendre leur vie meilleure. Que ton cœur était pur et que tu n'avais qu'un seul but dans la vie : faire le bien autour de toi.

Hadley haussa les épaules, puis les relâcha, soulagée d'avoir enfin révélé son petit secret.

— Hadley...

Soudain, l'air sembla se raréfier autour d'eux.

— Ronan...

Il posa son doigt sous son menton et, doucement, leva son visage vers lui. Quand ses yeux croisèrent les siens, elle dut lutter pour contenir les sentiments qui l'envahissaient. Comment ne pas lui montrer qu'elle l'aimait ? Car elle aimait cet homme, c'était une évidence. Comment aurait-elle pu ne pas l'aimer, après tout ce qu'il avait fait pour elle et avec elle ? Certes, si elle ne l'avait jamais rencontré, elle s'en serait sortie seule. Elle aurait travaillé dur pour se faire une place au soleil. Mais avec lui elle s'était épanouie, grâce à la confiance qu'il lui accordait. Lui seul avait su accepter la personne qu'elle était vraiment, avec ses bizarreries et ses problèmes, et lui faire une place dans la famille qu'il avait créée au sein de la Big Think Corp. Avec lui, elle avait pu déployer ses ailes sans crainte de commettre des erreurs. Grâce à lui, elle avait eu le privilège de décider exactement qui elle voulait être. S'il était devenu un homme meilleur grâce à elle, elle était devenue une femme meilleure grâce à la confiance qu'il avait eue en elle.

Un « merci » n'était pas suffisant et ne le serait jamais. Hadley regarda le beau visage de Ronan, puis posa une main sur sa poitrine, là où son cœur battait furieusement. Elle enroula sa cravate autour de ses doigts et l'attira à elle, tandis qu'elle se hissait sur ses orteils et pressait sa bouche contre la sienne. Elle avait tant de fois rêvé de l'embrasser qu'elle ne pouvait plus, ne voulait plus se retenir. Elle s'était imaginée tant de fois enlacée avec lui, tous deux nus, dans un lit...

Mais au moment où sa bouche se posa sur la sienne, la

Terre sembla cesser de tourner. Ses pensées ralentirent, et les battements de son cœur se calmèrent aussitôt. Lentement, il posa sa grande et forte main sur sa joue, puis approfondit le baiser. Ses lèvres prirent les siennes, puis il fit glisser lentement un bras dans son dos pour l'attirer plus près de lui. Elle laissa échapper un gémissement quand elle sentit son érection contre son ventre.

Les mains de Ronan couraient sur son corps, plongeaient dans ses cheveux, faisant naître en elle un désir qui enflait à chaque seconde. Soudain, elle s'aperçut qu'ils étaient dans le couloir, et il la souleva dans ses bras pour la porter jusqu'à leur chambre, sans cesser de l'embrasser avec passion. Elle entendit la porte claquer derrière eux...

Hadley revint alors à la réalité. Éperdue, elle songea qu'elle était maîtresse de son destin et pouvait encore mettre un terme à tout cela afin de préserver son cœur.

Mais était-elle prête à renoncer maintenant ? se demanda-t-elle. En était-elle seulement capable ? Pourquoi ne pas s'accorder une nuit, rien qu'une nuit, pour laisser enfin s'exprimer tous les sentiments et les désirs qu'elle avait gardés enfouis en elle durant toutes ces années ? Une nuit pour tout oser, pour s'accorder ce qu'elle ne pouvait pas avoir : Ronan Gerard...

Quand il tira sur la fermeture de sa robe, elle le laissa faire et elle sentit le tissu léger glisser sur ses épaules, puis plus bas... La bouche dans son cou, il traça du doigt la courbe de son sein, et elle eut l'impression qu'il en avait rêvé si souvent qu'il aurait pu le faire les yeux fermés. Elle se tendit sous la caresse et noua les bras autour de son cou pour mieux s'offrir à lui.

Soudain, sa main glissa sous la dentelle de son soutien-gorge et il happa la pointe de son sein. Elle gémit et se cambra sous l'effet d'un plaisir intense, avant d'enrouler sa jambe autour de la sienne, agrippée à lui tandis qu'il se délectait d'elle comme si sa vie en dépendait. N'y tenant plus, Hadley lui arracha sa chemise puis défit la ceinture de son pantalon, qui glissa à son tour au sol.

Ils basculèrent tous deux sur le lit, et il s'allongea sur elle, sans cesser de la caresser. Elle ferma les yeux, tandis qu'il lui retirait sa culotte avec une délicieuse lenteur, avant de jeter le morceau de tissu par-dessus son épaule. Soudain elle sentit son souffle sur son ventre, ses mains sur ses hanches, sa langue sur son bouton sensible.

Ivre de plaisir, elle laissa échapper un cri. C'était encore meilleur que dans ses rêves les plus fous, et elle s'abandonna à la plus intime, à la plus folle des caresses...

Le téléphone collé à l'oreille, Ronan arpentait le couloir devant la chambre. Une fois Hadley endormie, il avait consulté sa montre connectée, et avait remarqué un appel en absence de sa mère. Il était sorti pour écouter son message, puis la demi-douzaine d'autres messages qui lui étaient parvenus. Car pendant leur étreinte passionnée, la vie avait continué son cours.

Il fixa son téléphone pendant un long moment, le tournant et le retournant dans sa paume pour essayer de se reconnecter à la réalité. Puis il le glissa dans la poche arrière de son pantalon et retourna dans la chambre. Il trouva Hadley allongée sur le ventre, le drap la couvrant des hanches jusqu'aux pieds, un bras tombant sur le côté du lit. La lumière tamisée de la lampe de chevet éclairait son beau visage que barrait une mèche de cheveux noirs. Ronan s'assit doucement sur le bord du lit et tendit la main vers elle. Il traça du doigt le contour de sa joue, écarta ses cheveux, puis descendit le long de son cou, puis entre ses seins…

— Bonjour, dit-il avec un sourire quand elle ouvrit les yeux.

Elle était si belle qu'il en fut ému aux larmes.

— Salut, répondit-elle d'une voix rauque.

Elle referma les yeux quand il fit glisser sa main le long de son dos, puis sur ses reins. Quand il se pencha pour déposer un baiser sur son épaule, elle laissa échapper un doux gémissement. Il s'agenouilla, attendit qu'elle lève la tête et l'embrassa jusqu'à ce qu'une douce chaleur envahisse tout son corps. Quand elle roula sur le côté, il prit son sein entre ses lèvres. Il aurait pu passer toute la nuit à embrasser chaque centimètre carré de sa peau, à la goûter encore et encore. Doucement, il souleva le drap et s'allongea tout contre elle. Il était si heureux qu'il avait l'impression de rêver. Oui, Hadley était la femme de ses rêves. Des rêves qu'il n'aurait jamais pensé pouvoir réaliser un jour.

Il voulait continuer de la toucher, de l'embrasser. Il déposa une pluie de baisers dans son dos, puis réprima un gémissement lorsqu'il atteignit le creux de ses reins. Dans la douce lumière du matin, ses fesses étaient encore plus jolies…

Les oreilles bourdonnant sous l'effet de l'afflux de sang, il les caressa, comme pour en graver la rondeur dans sa mémoire… Elle roula vers lui, tandis qu'un long soupir langoureux s'échappait de sa bouche, et il suivit du doigt la couture des bas qui courait sur ses longues jambes…

Surpris, il bredouilla.

— Qu'est-ce que…

Ses doigts cherchèrent la soie, mais ne trouvèrent rien.

— Tu n'y arriveras pas, dit-elle. C'est un tatouage.

Il posa sa main sur l'arrière de sa cuisse, suivit du doigt la fine ligne verticale, puis remonta jusqu'aux petits nœuds noirs tatoués juste sous chaque fesse. L'enfer… Et dire que pendant tout ce temps, n'en avait rien su ! Excité à l'extrême, il demanda :

— Il y en a d'autres ? Montre-moi…

Il la prit par les hanches et la fit pivoter, tandis qu'elle éclatait d'un rire rauque qui résonna en lui comme le chant d'une sirène. Puis il se pencha vers elle pour l'étudier scrupuleusement. Il savait qu'elle avait une bague tatouée à l'annulaire droit, qu'il effleura de la langue. Elle lui indiqua ensuite la minuscule libellule qui se trouvait entre ses seins. Quand il déposa un baiser à cet endroit, il sentit les doigts de la jeune femme s'enfoncer dans ses cheveux. Il passa son pouce sur d'autres endroits plus secrets les uns que les autres, et qui, tous, racontaient une histoire qu'il rêvait depuis toujours de connaître…

N'y tenant plus, il la fit rouler sur le ventre, tandis que, folle de désir, elle le suppliait :

— Ronan…

Il ne se fit pas prier et retira à la hâte son pantalon pour libérer son érection qui lui faisait presque mal. Il la vit agripper les draps, et soulever son dos. Lorsque sa bouche se dirigea vers ses cuisses, elle se tendit vers l'arrière.

Il alla chercher un préservatif dans sa trousse de toilette puis, après s'être retenu aussi longtemps que possible, il posa ses genoux sur le bord du lit et, doucement, la pénétra.

Il glissa le bras autour de sa taille et, de l'index, chercha son bouton sensible. Elle se mit à haleter lorsqu'il le trouva, et commença à le caresser…

— Oui, viens…

Les mains agrippant fermement ses hanches, il se mit à aller et venir en elle, puis se retira un instant pour mieux la pénétrer de nouveau, fou de désir…

Quand il vit ses jolies fesses entamer une danse légère, le plaisir monta en lui telle une lame de fond qui cherche la surface. Tournant la tête en tous sens, Hadley gémissait doucement, proche de l'extase. D'un puissant coup de reins, il l'emplit jusqu'à la garde, et ils restèrent un instant immobiles, retenant leur souffle, perdus dans un moment de pur plaisir, loin du monde et de ses tracas. Enfin, leurs deux corps ne formaient plus qu'un, et Ronan se prit à espérer que cet instant ne prenne jamais fin. Il lui fallut toute sa maîtrise de soi pour se retirer lentement. Elle cria, et, de nouveau, il entra en elle, puis continua encore et encore, jusqu'à ce qu'elle demande grâce. Lorsqu'il la vit agripper les draps, le souffle court, il serra plus fort encore ses hanches et, le corps en feu, il se pencha vers elle, et fit glisser son pouce sur la pointe de son sein, le pinçant doucement.

Il sentit le plaisir monter en lui annonçant un véritable tsunami sensuel… Quand Hadley se figea, puis trembla sous ses assauts, il continua de se retenir. Mais quand il la sentit se crisper autour de son membre, prise d'un orgasme qui balaya tout sur son passage, il s'abandonna à son tour à la vague qui l'emporta vers des hauteurs insoupçonnées.

Haletants, comblés, ils laissèrent passer la tempête, puis s'abattirent sur le lit, leurs corps tremblant encore. Blotti contre son dos, il enroula son bras autour d'elle. Son cœur battait la chamade. La douceur de cette étreinte, l'intimité de ces gestes, le bouleversèrent. Il n'avait jamais rien connu de tel, n'avait jamais su qu'il désirait cela plus que tout. Il savait, maintenant, qu'il ne pourrait pas se passer d'elle. Jamais.

Lorsqu'elle s'écarta enfin, il lui fallut faire appel à toute sa volonté ne pas la reprendre, et la faire jouir encore et encore. Elle se tourna vers lui, leurs nez se touchant presque. Il compta ses cils emmêlés et l'embrassa langoureusement. Ils restèrent longtemps enlacés, comme si leurs peaux pouvaient se dire des choses que ni l'un ni l'autre ne semblaient capables de formuler avec des mots. Puis, comblés et épuisés, ils s'endormirent dans les bras l'un de l'autre.

Le lendemain matin, alors qu'un taxi les ramenait à l'aéroport, une brume s'était abattue sur la ville, ajoutant à l'atmosphère irréelle qui régnait à l'arrière de la voiture. Ronan s'était réveillé ce matin-là sous les caresses d'Hadley, qui l'avaient enflammé avant même qu'il n'ouvre les yeux. Ensuite, elle l'avait fait rouler sur le dos et l'avait chevauché, et ils s'étaient de nouveau donnés l'un à l'autre dans une étreinte passionnée.

À présent, Hadley consultait sa tablette, déplaçant des rendez-vous, éditant ses notes résumant la réunion avec Holt Waverly, préparant les points d'un communiqué de presse pour la finalisation de leur accord, qu'elle envoya à Jonas avec un soupir satisfait. Comme d'habitude, elle était l'assistante parfaite, et on aurait pu croire que rien n'avait changé entre eux la nuit dernière.

Assis près d'elle, Ronan l'observait, avec la certitude grandissante que s'ils atterrissaient à Melbourne sans en parler, sans donner un sens à tout cela, tout serait fini entre eux avant même d'avoir commencé. Ce serait une nuit hors du temps, dont ils ne reparleraient plus jamais. Ils avaient l'habitude d'éviter les sujets difficiles, après tout. Mais que dire ? Et comment lui faire comprendre que maintenant qu'il avait goûté au fruit défendu, il n'imaginait pas un seul instant y renoncer pour toujours ? Comment imaginer un monde sans elle ?

De plus, cela serait l'occasion de redéfinir les choses entre eux, alors même qu'ils ne les avaient jamais définies. Il se passa une main sur le visage, imaginant sa réponse – la lueur dans ses yeux noirs, la moue sur ses jolies lèvres... Il s'attendait à être rejeté, lui qui, pendant toute son enfance, avait été négligé par un père qui ne voyait en lui que le prolongement de lui-même, et par une mère soumise à son mari.

Il n'avait jamais rien demandé à personne, et il n'allait sûrement pas commencer maintenant. Elle avait déjà dévoilé ce qu'elle pensait de lui et pourtant, ce n'était toujours pas suffisant pour qu'elle veuille rester. En clair, il ne lui suffisait pas...

Soudain, ils s'arrêtèrent sur le tarmac, et Ronan sentit son cœur se serrer en voyant le jet de la Big Think Corp. apparaître dans le brouillard. Il aurait voulu qu'elle le regarde, mais au lieu de cela elle garda la tête tournée vers la fenêtre de la voiture lorsqu'ils ralentirent, puis glissa son téléphone et son carnet dans son sac et se prépara à descendre. Si elle ne le regardait pas avant de sortir de la voiture, ce serait la fin. Eh bien, qu'il en soit ainsi ! songea-t-il, résigné. Il avait passé les dernières années à se dire qu'il n'avait pas de sentiments pour elle, et il pouvait sûrement le faire à nouveau !

Mais si elle se retournait...

Le cœur de Ronan battait si fort qu'il en avait le souffle coupé. Il vit sa main s'approcher de la poignée de la porte. Elle la saisit, puis elle se retourna pour le regarder en balançant ses cheveux noirs par-dessus son épaule. Ses yeux brillaient, et elle était si belle que la regarder lui faisait presque mal. C'était le moment ou jamais, et il se jeta à l'eau.

— Ne pars pas… dit Ronan d'une voix rauque.

Hadley cligna les yeux, puis désigna le jet.

— Mais… on nous attend.

— Ne pars pas, répéta-t-il, ému aux larmes. Ne quitte pas… la Big Think Corp.

Il avait failli dire « Ne me quitte pas », mais il ne s'agissait pas de cela, n'est-ce pas ? Il devait se ressaisir, et vite !

Soudain, il vit un tendre sourire se dessiner sur ses jolies lèvres.

— Ronan… Si nous avions voulu que notre dernier voyage ensemble soit mémorable, je dirais que nous avons réussi, mais je pense qu'il est temps pour nous de refermer cette parenthèse.

Sur ces mots, elle sortit lentement de la voiture. Il entendit la portière claquer, puis la suivit des yeux alors qu'elle se dirigeait vers le jet. Dévasté, il lui emboîta le pas…

— Hadley, attends…

Quand elle se retourna, il eut l'impression qu'elle s'impatientait.

— Le moteur tourne, Ronan.

Mais elle n'arrivait pas à cacher la lueur mélancolique qui voilait son regard…

— Je refuse ta démission !

Une main en visière, elle répliqua :

— À cause de la nuit dernière ?

— Quoi ? Non. Bien sûr que non.

Pour être sûr qu'elle le comprenne bien, il expliqua :

— Hadley, tu sais à quel point tu es appréciée au sein de l'entreprise. Par moi, bien sûr, mais aussi par Ted et Sawyer. Je sais que j'aurais dû le dire plus tôt, mais l'annonce de ton départ… Dire qu'elle était inattendue est un euphémisme. Je ne l'ai pas gérée au mieux. Mais s'il te manque quelque chose, si tu veux quelque chose, c'est le moment d'en parler, Hadley.

Cette fois, elle leva les deux sourcils, et Ronan tendit les mains vers elle.

— Cela n'a rien à voir avec la nuit dernière, tu le sais bien.

Hadley secoua la tête, puis regarda le tarmac comme si elle cherchait les mots justes.

— Je pense que tu ne vas pas tarder à t'apercevoir que tu as tout faux.

— Que veux-tu dire ?

— C'est précisément parce que je pars qu'il s'est passé ce qu'il s'est passé la nuit dernière. Sinon, tu n'aurais jamais laissé les choses aller aussi loin.

Elle l'observa, attendant de voir s'il allait nier. Mais il en était incapable parce que c'était vrai, tout simplement. Après un regard où il crut lire de la déception – mêlée de souffrance ? – elle lui tourna le dos et grimpa les marches qui menaient au jet.

Impuissant, Ronan se passa la main sur le visage. Cela ne se déroulait pas comme il l'aurait voulu. Rien ne se passait comme il l'aurait voulu. Mais s'il était là où il était dans la vie, c'était parce qu'il n'avait jamais reculé, jamais capitulé devant l'adversité.

— Hadley, appela-t-il derrière elle.

Elle accéléra le pas.

— Ronan ! Tu ne peux pas sauver la planète en gaspillant tout ce kérosène ! Il faut embarquer, maintenant !

Puis elle se retourna et ajouta lorsqu'il arriva à sa hauteur :

— Écoute, ce voyage était bien plus qu'un voyage d'affaires. Notre dernière nuit ensemble…

Elle déglutit avec peine.

— Eh bien… ce n'était qu'une nuit, tu comprends ?

Sa voix était ferme, mais ses yeux humides reflétaient davantage d'émotions qu'il ne pouvait en nommer.

Tandis qu'elle grimpait l'escalier et prenait place à bord. Ronan la suivit, refoulant à son tour les émotions qui l'assaillaient. Il salua l'équipage, déposa ses affaires et prit son siège habituel.

8

Depuis qu'elle travaillait à la Big Think Corp., Hadley n'avait jamais terminé sa journée à 17 heures. Elle ne le souhaitait pas, d'ailleurs, désireuse d'apprendre tout ce qu'elle pouvait, de faire ses preuves et de s'améliorer. Au fil du temps, elle avait appris à adorer son job.

Après leur vol de retour d'Adélaïde, Ronan avait respecté son souhait et l'avait laissée tranquille. Elle avait donc passé ses derniers jours à revivre encore et encore leur nuit de passion – la douceur de ses baisers, la dureté de son sexe entre ses cuisses, le plaisir fou qu'il lui avait donné…

Elle se repassait aussi en boucle la scène qui s'était déroulée sur le tarmac, quand il lui avait demandé ce qu'il pouvait faire pour qu'elle reste, presque suppliant…

En ce dernier jour officiel en tant qu'employée de la Big Think Corp., son bureau était rangé à 17 heures pile, et sa liste de tâches terminée. Que faire, maintenant ? Rester assise encore un moment et faire semblant d'avoir des choses à faire ? Ou rentrer chez elle, regarder une série en mangeant des biscuits, avant d'aller se coucher le ventre et le cœur lourds ?

Avec un gémissement, elle laissa tomber sa tête dans ses mains. Elle avait été folle de croire qu'une nuit suffirait à étouffer les sentiments qu'elle avait développés pour lui durant sept ans… Maintenant, Ronan envahissait son esprit, et elle cherchait un moyen d'échapper à son emprise, mais toutes ses tentatives se soldaient par un échec et par la mort lente de son cœur.

Non ! Elle ne serait pas cette femme qui se contentait de ce qu'un homme pouvait lui donner et se nourrissait de fantasmes et d'espoirs… Sa pauvre mère avait essayé de chercher un homme pour se sauver d'elle-même, encore et encore. Chaque fois, elle y avait laissé des plumes, et un peu de son cœur trop fragile. Non, il n'y avait pas de négociation possible, pas de moyen terme.

Hadley recula sa chaise, prit Pelote, le mini-cactus qu'Adelaïde avait offert à Ronan et dont elle prenait soin, et se dirigea pour la dernière fois vers le couloir. Lorsque ses jambes commencèrent à trembler, elle se rappela qu'elle ne partait pas, pas tout à fait. Elle avait réservé une petite pièce dans une aile inoccupée de la tour qui abritait les bureaux de la Big Think Corp. et comptait bien l'occuper jusqu'à la date du grand bal annuel de l'entreprise. Mais ce bel espace, qu'elle avait conçu si méticuleusement, appartenait désormais à Jonas. Celui-ci était assis sur le coin du bureau de Kyle, décoré de jolies guirlandes de Noël.

— Vous partez déjà ? demanda Jonas.

Kyle regarda le carton qu'elle tenait à la main, et ses yeux s'écarquillèrent lorsqu'il découvrit le peu qu'il contenait.

— J'ai terminé, dit Hadley d'une voix plus rauque qu'elle ne l'aurait voulu.

— Super ! dit Kyle en lui prenant le bras droit, tandis que Jonas faisait de même avec le gauche.

— Alors, venez avec nous. Nous avons des projets pour ce soir, et ils se résument en un seul mot : cocktails !

— Je ne peux pas, il faut que je…

En voyant la porte de Ronan fermée, elle eut un pincement au cœur. Si elle rentrait chez elle, elle revivrait encore et encore sa nuit avec lui et passerait une soirée abominable.

— Vous savez quoi ? C'est un programme qui me convient tout à fait ! lança-t-elle à ses deux compagnons.

Ronan s'engagea dans un couloir de la Big Think Tower qu'il était sûr de n'avoir jamais arpenté. Les lumières s'allumaient au fur et à mesure qu'il avançait, économisant ainsi de l'énergie, car la zone était presque entièrement vide. Les pièces avaient été aménagées pour accueillir les esprits brillants invités à utiliser gracieusement l'espace. Si Hadley avait choisi ce bureau pour être aussi éloignée que possible du sien pour gérer le bal annuel de l'entreprise, elle avait réussi ! Mais si elle croyait, en revanche, que cela l'empêcherait de la chercher, elle s'était trompée ! Après leur conversation sur le tarmac, il avait voulu respecter sa décision. Il lui avait donné de l'espace et du temps pour s'installer dans son nouveau rôle. Il ne voulait pas non plus avoir l'air d'un ado transi d'amour, même si c'était ce qu'il ressentait. C'était intenable, et sa mauvaise humeur mêlée à une tristesse qui ne lui laissait pas de répit n'étaient pas compatibles avec la gestion d'une entreprise multinationale qui brassait des milliards de dollars. Il devait donc faire quelque chose pour s'apaiser, enfin, et la voir lui apparaissait comme la seule solution.

En arrivant au bout du couloir, il entendit un air de jazz.

Un rai de lumière filtrait sous une porte, alors il accéléra le pas et, une fois arrivé, poussa lentement le battant.

— Waouh !

Il put voir un fauteuil de bureau bleu cobalt, une table ronde en verre couverte de papiers et d'échantillons de tissus. Sur une commode, trônait un cactus qui lui parut étrangement familier, près d'une luxueuse machine à café.

— Ronan ?

En se retournant, il découvrit Hadley derrière lui. Une paire de lunettes qu'il ne lui avait jamais vues était perchée sur le bout de son nez. Ses cheveux étaient tirés en arrière et noués en une queue-de-cheval courte, nouvelle elle aussi, tout comme sa tenue : un jean moulant et un haut ample à fleurs.

— Bonjour...

Le fait de la revoir après quelques jours d'absence l'avait déstabilisé, alors qu'elle paraissait parfaitement imperturbable, presque nonchalante. Comme si elle s'était installée dans son nouveau rôle sans le moindre accroc. Ce qu'il trouva surprenant.

— Tu as besoin de moi pour quelque chose ? demanda-t-elle, le sourcil levé.

Oui il avait besoin d'elle pour quelque chose. Pour beaucoup de choses, même.

— Rien de particulier, s'entendit-il répondre avant de poursuivre sans ironie : il se trouve que j'étais à cet étage, alors je venais voir si tu avais besoin de moi pour quoi que ce soit.

— J'ai tout ce qu'il me faut ici, merci, dit-elle, avant de brandir une briquette en carton.

— Je viens d'emprunter un peu de lait à mes nouveaux

voisins. Une petite *start-up* que Sawyer a fait venir. Ils sont très sympas.

Elle passa devant lui, le frôlement de son coude contre sa chemise mettant le feu à sa peau. Tout en se répétant qu'il devait se ressaisir à tout prix, il la suivit dans le bureau, un peu étourdi. Comme tout cela lui manquait au quotidien !

— Un café ? demanda-t-elle, le ramenant à leur première année de travail ensemble, lorsqu'elle lui offrait un café tous les matins.

Un jour, elle lui avait dit qu'il devrait désormais se faire son propre café, et à partir de ce moment-là, les lignes étaient tracées. Leur relation patron-employée s'était peu à peu transformée en un véritable partenariat, où la parole de chacun avait le même poids. C'était du moins ce qu'il pensait.

— Non, merci, répondit-il tandis qu'Hadley se préparait une tasse.

— Jonas et moi sommes en contact plusieurs fois par jour, dit-elle, et il semble avoir bien son job en main. Je pense qu'il est fait pour ce poste, et qu'il est beaucoup plus facile de travailler avec lui qu'avec moi.

Ronan hocha la tête. Jonas se débrouillait bien, mieux que cela, même. Il était instinctif, efficace et heureux de travailler à toute heure. Il s'accommodait également des humeurs de Ronan avec un sourire léger, comme s'il savait que celui-ci se réveillerait un jour et déciderait qu'il en avait assez d'être un râleur.

— Et... comment va ta mère ?

— Comme prévu, répondit-il, résigné.

Toute chance de réconciliation s'amenuisait de jour en jour, en réalité, mais ce n'était pas pour cela qu'il était venu voir Hadley. Ce n'était pas pour cela que son pouls battait dans son cou, que sa bouche était trop sèche...

— Pourquoi as-tu mis autant de temps pour venir me voir ? lança-t-elle, sa main posée sur la machine à expresso.

En la voyant baisser légèrement la tête, comme pour fuir son regard, il comprit qu'elle aussi éprouvait de la tristesse, ainsi qu'un pénible sentiment de manque. Le morceau diffusé par les haut-parleurs changea, et les notes se firent plus langoureuses, plus nostalgiques.

— Tu sais où je suis, toi aussi, non ?

Il sut presque aussitôt qu'il venait de commettre une gaffe. Ce n'était pas la bonne chose à dire.

— Hadley...

Mais elle l'interrompit d'un geste de la main.

— L'un des créateurs de la *start-up* voisine est originaire d'Amsterdam, et cela m'a fait penser au premier voyage que nous avons fait ensemble. Avec Ted. Pour visiter votre nouveau laboratoire là-bas.

— Je m'en souviens, souffla Ronan.

— Tu te souviens du dîner, ce soir-là ? Il y avait une montagne de choses à manger, et presque autant à boire...

Il sourit à ce souvenir.

— C'est vrai, dit-il.

Elle se retourna pour s'appuyer contre le meuble, ses doigts agrippant le bord.

— Tu te souviens du retour à l'hôtel, aussi ? Quand nous nous sommes arrêtés sur le pont pour regarder la barge descendre le fleuve ?

Ronan s'en souvenait. Il se rappelait la brise qui jouait avec ses cheveux plus courts à l'époque. Il se souvenait d'avoir pensé à la chance incroyable qu'ils avaient de l'avoir dans leur équipe.

Ronan s'écarta pour la laisser entrer.

— Tu portais une robe rouge ce soir-là, et c'était la première fois que je te voyais en tenue de soirée. Et ces boucles d'oreilles dorées qui frôlaient ton cou quand tu bougeais...

La poitrine d'Hadley se souleva, et il retint son souffle en la voyant passer rapidement la langue sur sa lèvre inférieure. Comme si, malgré toutes ces années passées à tenter de réprimer l'élan qui le poussait vers elle, il avait complètement perdu la partie.

Il fit un pas dans sa direction, puis un autre. Jusqu'à ce qu'il soit suffisamment proche pour qu'elle doive lever les yeux. Puis il tendit le bras, lui prit doucement le menton et passa son pouce sur sa lèvre inférieure.

— Pourquoi as-tu mis tant de temps ? souffla-t-elle.

Il comprit tout de suite qu'elle ne parlait plus des derniers jours, mais de l'ensemble de leur relation.

— Je n'avais pas confiance en moi. Et je me doutais qu'il serait difficile de revenir en arrière...

— Mais je te fais confiance, moi, dit-elle avant de happer son doigt dans sa bouche.

Le feu au ventre, Ronan prit le visage de la jeune femme dans ses mains. Alors que leur premier baiser avait été plutôt timide, celui-ci était plus franc, plus fougueux aussi. Quand ses doigts effleurèrent ses joues, elle soupira. Lorsqu'il délaissa ses lèvres pour embrasser son front, elle ferma les yeux. Il déposa alors un baiser doux comme du velours sur chaque paupière.

Puis ses mains se nouèrent dans son cou, et il pressa de nouveau ses lèvres contre les siennes. Ses doigts glissèrent dans ses cheveux, attrapant le ruban qui les retenait, et une vague brune s'abattit sur ses épaules, chaude et douce...

N'y tenant plus, il la plaqua contre la table, souleva sa cuisse et plaqua son ventre contre le sien pour mieux lui faire sentir la force de son désir. Quand il sentit son souffle court sur sa bouche, il aspira doucement sa lèvre inférieure. La chaleur entre eux se fit plus intense, et il eut soudain l'impression qu'un brouillard envahissait son cerveau.

Quand la machine à café se mit à vrombir, Hadley sursauta, et Ronan en profita pour la faire pivoter, un bras enroulé autour de sa taille. Écartant ses cheveux pour embrasser sa nuque, il glissa un doigt sous la ceinture de son jean, puis un autre, avant d'ouvrir le bouton de son pantalon et de faire glisser la fermeture Eclair...

Elle était chaude et humide, prête, pour lui. Lascive, elle se cambra pour mieux s'offrir à lui, et il trouva son bouton sensible, qu'il taquina encore et encore. Lorsqu'elle tenta de résister à la vague qui montait lentement en elle, il ne lâcha pas prise. Il lui donnerait tout ce qu'elle voulait, tout ce dont elle avait besoin, même si elle ne lui demandait rien. Lorsqu'il mordilla doucement son épaule, elle cria son nom, avant de jouir, et de jouir encore, en proie à un plaisir inouï.

Il la tint serrée contre lui tandis que des vagues de plaisir secouaient son corps, sans cesser de la caresser. Lorsqu'un sanglot s'échappa de sa bouche et qu'elle s'agrippa plus fort à son cou, il la laissa donner le rythme. Et elle se mit à onduler contre sa main.

Alors que le brouillard se dissipait lentement, Ronan se retrouva adossé au mur, tandis qu'Hadley se rhabillait à la hâte. Les haut-parleurs diffusaient toujours un air de jazz, et la porte de son nouveau bureau était grande ouverte.

— Ronan ?

Il s'avança vers elle, lui souleva le menton et l'embrassa longuement.

— Va-t'en, maintenant, dit-elle dans un sourire. J'ai du travail.

Ronan se passa une main dans les cheveux et lissa sa chemise, tandis qu'Hadley l'observait à la dérobée. Sur le seuil de la porte, il lui jeta un dernier regard. S'éloigner d'elle à ce moment-là fut la chose la plus difficile qu'il ait jamais eue à accomplir.

Contrairement à ce que Ronan craignait, il n'eut pas à attendre longtemps avant de la revoir car ce soir-là, Hadley vint le rejoindre une fois les bureaux de la Big Think Corp. vides. Le personnel était rentré chez lui depuis longtemps, et seul le ronronnement de la climatisation troublait le silence ambiant.

— Salut.

— Oh… Salut.

Elle entra dans son bureau, ferma la porte derrière elle, puis continua à avancer tout en retirant ses chaussures l'une après l'autre. Excité à l'extrême, Ronan dut résister au désir de se lever pour la toucher et parvint à ne pas quitter son fauteuil. Il était heureux d'être assis, car ses jambes auraient pu céder lorsqu'il la vit ôter son chemisier et le laisser glisser au sol. Son jean subit le même sort et en la voyant ainsi dénudée, il fut pris d'une folle envie d'embrasser ses courbes délicieuses, ses jolis seins dont les pointes saillaient sous le fin tissu du soutien-gorge...

Le cœur battant la chamade, il n'osa pas cligner les yeux lorsqu'elle contourna son bureau, posa une main sur sa poitrine et se mit à califourchon sur lui.

— Est-ce que c'est le bon moment ? demanda-t-elle d'un air faussement innocent.

Pour toute réponse, il glissa la main dans ses cheveux et l'attira à lui pour un baiser qui lui fit rapidement oublier jusqu'à son propre nom...

Ce ne fut qu'un bon moment plus tard que Ronan revint à la réalité. Il était penché sur Hadley – elle-même nue sur son bureau –, et encore sous le coup du violent orgasme qui les avait balayés tous deux. Comme elle frissonnait légèrement, il la souleva dans ses bras, la porta jusqu'à un canapé et s'assit près d'elle.

Lorsqu'elle leva la tête et le regarda, il vit dans ses yeux une émotion telle qu'il en fut bouleversé. Une émotion qui faisait écho à la sienne, mais qu'il n'aurait su nommer. Un élan, un cri, une vérité trop longtemps retenus montaient en lui, mais il les étouffa, incapable d'y faire face pour l'instant.

Alors, elle leva une main vers son visage et lui dit en souriant d'arrêter de réfléchir. Puis, après lui avoir donné un langoureux baiser, elle se rhabilla à la hâte et, sans ajouter un mot, sortit de son bureau.

Ce fut ainsi que les choses se passèrent au cours des semaines suivantes. Ils n'eurent aucun mal à se retrouver – dans les cages d'escalier, sur le parking, dans son bureau ou dans le sien – comme si chacun possédait une boussole interne qui le guidait en permanence l'un vers l'autre. Leurs étreintes étaient tantôt lentes et silencieuses, tantôt torrides et plutôt bruyantes. D'autres fois aussi, il y avait des rires et des chuchotements dans l'obscurité. C'étaient ces moments-là que Ronan préférait, car ils lui rappelaient les soirées passées dans son bureau, les voyages qu'ils avaient effectués dans une centaine de villes du monde entier et dont ils revenaient épuisés, mais heureux d'avoir décroché de nouveaux contrats.

Ronan se demandait souvent pourquoi ils avaient perdu autant de temps, mais très vite il faisait taire la petite voix qui lui soufflait qu'il risquait de tout gâcher en songeant au passé. Puis, soudain, le mois de décembre arriva et, avec lui, la perspective du grand bal de la Big Think Corp...

9

Il restait encore une semaine avant la date du grand bal qui devait avoir lieu la veille de Noël. Toute l'équipe, à l'exception de Petra qui se trouvait toujours à New York, s'était réunie dans la nouvelle maison de Ted et Adelaïde à Mount Martha, une superbe demeure à colombages offrant une vue imprenable sur la baie.

— Bois ça ! dit Adelaïde en tendant une tasse de lait de poule à Sawyer, avant de se frotter le bas du dos.

— Tu ne vas pas accoucher maintenant, n'est-ce pas ? lui demanda Sawyer, avant d'avaler son verre d'un trait.

Petra étant absente, il restait dormir chez ses amis afin de pouvoir se rendre utile, au cas où.

— Détends-toi, Sawyer ! lança Ronan. Je te rappelle que Ted est docteur !

Installé devant la cheminée, il essayait de changer la *playlist* de chants de Noël pour enfants qui résonnait depuis une heure déjà dans les haut-parleurs.

— Oui, docteur en chimie ! répliqua Sawyer, une légère panique dans la voix.

Le rire de Ronan, profond et rauque, fit frissonner Hadley. Comme s'il savait qu'elle l'observait, il jeta un coup d'œil vers la porte de la cuisine où elle était appuyée. La chaleur de son regard était si vive qu'elle eut l'impression qu'elle lui transperçait le cœur. Elle se précipita vers l'évier, écarta Adelaïde et commença à remplir le lave-vaisselle.

— Merci ! dit Adelaïde. Excuse-moi, je reviens tout de suite !

Puis elle partit en se dandinant en direction de la salle de bains.

Une fois seule, Hadley alla s'asseoir sur le banc de la cuisine. La soirée avait été riche en émotions. Merveilleuse, mais douce-amère. Une fois qu'elle aurait quitté la Big Think Corp., elle ne serait plus invitée à des soirées comme celle-ci. Et puis, elle n'était pas très à l'aise, en proie à la crainte constante que Ronan et elle ne se trahissent. Bien qu'Adelaïde ait révélé plus tôt que tous avaient des soupçons, personne n'avait jamais fait aucune allusion. Et Hadley voulait que cela continue ainsi.

D'ailleurs, Ronan et elle n'étaient pas vraiment ensemble, et ne s'étaient fait aucune promesse. Certes, ils partageaient des moments délicieusement intimes, mais comme ils se connaissaient si bien et depuis tant d'années, ils n'avaient rien à prouver, rien à cacher, du moins entre les murs de la Big Think Corp...

Entre eux, les choses étaient fragiles, ténues, comme les gouttelettes de brume matinale accrochées à une toile d'araignée fraîchement tissée qu'une simple brise pouvait faire disparaître...

— Bon, dit Adelaïde, en poussant Hadley hors de la cuisine. Ted finira de ranger tout ça plus tard. C'est l'heure de faire la fête, maintenant !

Contournant l'énorme sapin de Noël chargé d'ornements un peu décalés qu'Adelaïde avait collectionnés au fil des ans, Hadley attendit que son amie soit confortablement installée sur le grand canapé avant de prendre place à son côté. Lorsque la petite Katie se précipita vers sa mère, Ted, caché derrière le canapé, fit basculer la fillette par-dessus son épaule jusqu'à ce qu'elle éclate d'un rire cristallin.

— Merci, chéri dit Adelaïde en jetant à Ted un regard énamouré.

La tendresse que Ted et Adélaïde avaient l'un pour l'autre était si touchante qu'Hadley sentit les larmes lui monter aux yeux.

— Hadley...

— Hmm ? Oui ?

— Je voulais te dire que la séance photo du *Magicien d'Oz* s'était super bien passée. Tu as eu une idée géniale. Vraiment !

Hadley la remercia en souriant, heureuse d'avoir pu choisir le thème du bal annuel de la Big Think Corp., qui avait suscité un engouement inattendu de la part des médias.

Adélaïde donna un léger coup de pied dans le tibia de Sawyer.

— Toi, tu faisais un super épouvantail ! dit-elle.

Elle agita un doigt en direction de Ronan, toujours accoudé à la cheminée.

— Quant à toi, Ronan Gerard, c'est toi qu'Hadley a le mieux cerné !

À cet instant, Hadley se figea, tandis que Ronan serrait très fort son verre dans sa main. Sawyer jeta un coup d'œil entendu à Hadley, puis Ronan, avant de dire :

— Ronan était Toto le chien, n'est-ce pas ?

— Toto ! répéta la petite Katie.

— Non, ma chérie, reprit Adelaïde, en fait, tonton Ronan est le bûcheron en fer-blanc. Celui qui n'a pas de cœur.

Il fallut quelques instants à Adelaïde pour comprendre qu'elle venait de faire une gaffe. Hadley, quant à elle, sentit sa gorge se serrer : elle pensait exactement le contraire ! Mais comment le dire à Ronan sans se trahir ? Comment lui assurer que son cœur était la meilleure partie de lui-même ?

— Non, non ! dit la pauvre Adélaïde en portant la main à sa poitrine. Tu sais très bien que ce n'est pas ce que je voulais dire…

Ronan haussa un sourcil et demanda :

— Alors, tu penses que je ne suis pas sans cœur, en fait ?

— Bien sûr que non ! Je voulais dire que sous des dehors de *businessman* rigide, de mâle alpha à la tête d'une multinationale, tu es…

Ronan haussa les sourcils et croisa les bras de façon théâtrale, jouant clairement avec Adelaïde. Elle le savait, à en juger par la couleur qui revenait sur ses joues et le sourire qu'elle peinait à contenir.

Et tout à coup Hadley se sentit prise d'un élan fou : jamais elle n'avait autant aimé Ronan.

— Quoi ? demanda Ronan.

— … Un homme de cœur, acheva Adelaïde. N'est-ce pas, Hadley ?

Prise à témoin, Hadley se figea tandis que le groupe se tournait vers elle, attendant sa réponse. Adelaïde avait raison, bien sûr, mais pouvait-elle abonder dans son sens ? Les oreilles bourdonnantes, elle se tourna vers son amie.

— Je pensais avoir été plus subtile que cela. Comme il s'agit de mon dernier bal, je voulais délivrer un message : la Big Think Corp. m'a permis de réaliser mon rêve, et c'est grâce à vous tous…

Le silence qui suivit cette déclaration était lourd de sens, et Hadley ne sut que faire de l'émotion qui l'assaillait de toutes parts.

— Oh ! Hadley ! dit Adelaïde en la prenant dans ses bras.

Ted posa une main sur son épaule et la serra, tandis que Sawyer secouait la tête.

— Pourquoi nous quittes-tu, Hadley ?

— Laissez-la tranquille ! dit Adelaïde, qui était la seule à savoir quelle lutte intérieure son amie se livrait.

— Hadley vient de porter le parfait toast de Noël de la Big Think Corp., alors levons nos verres aux esprits brillants et aux cœurs généreux. Et à l'amitié qui unit notre grande famille !

Hadley leva son verre de bulles, et ce ne fut que lorsqu'elle en prit une gorgée que son regard se porta sur Ronan. Il la regardait avec une expression farouche. Ce n'était pourtant pas à son cœur qu'elle pensait à ce moment-là, mais au sien. Il appartenait à Ronan depuis si longtemps qu'elle ignorait comment celui-ci réagirait lorsqu'elle le reprendrait enfin. Et si elle ne le reprenait pas ? Et si elle prenait son courage à deux mains et cessait de se mettre des barrières ?

Plus tard, une fois Katie couchée avec la promesse de rêves de rennes et de Père Noël, Petra leur fit la surprise de sonner à la porte et fut accueillie dans un tourbillon de joie. Accoudée à la balustrade du perron joliment décorée de guirlandes lumineuses, Hadley savourait la caresse du vent chaud de l'été dans ses cheveux. Au loin, la lune scintillait sur la baie et des voix, des chants et des rires résonnaient dans la maison, derrière elle.

— Le bûcheron de fer-blanc… C'est bien la première fois qu'on m'appelle ainsi !

Hadley ne se retourna pas. Elle avait senti la présence de Ronan bien avant qu'il ne s'adresse à elle. Il ferma la porte derrière lui, puis il s'installa à côté d'elle.

— Mais je suis sûr que ce n'est pas la première fois que tu me trouves un surnom bizarre…

Ronan planta ses yeux d'un bleu profond dans les siens et approcha sa main de la sienne sur la rambarde. Leurs doigts se touchaient presque…

— Quelle est la prochaine étape pour le magicien ?

— Le magicien ?

— Celui qui se trouve derrière le rideau et fait que la magie opère…

Hadley inspira profondément l'air nocturne.

— J'ai le choix. Emerson, de Pitch Perfect, m'a envoyé une douzaine d'offres intéressantes.

— Je n'en doute pas.

— Mais je pense que je vais m'isoler pendant quelque temps : faire la grasse matinée, jardiner, voir un film dans un vrai cinéma. Le genre de choses qu'on fait pour le plaisir, et que j'ai un peu oubliées…

Il hocha la tête.

— C'est pour ça que tu pars ? Pour avoir une vie « normale » ?

Elle secoua la tête et sentit son doigt frôler son bras. Une caresse légère qui contrastait avec le regard franc qu'il posait sur elle. Cet homme à la carapace dure et au cœur tendre, bon et généreux l'avait conquise depuis longtemps. Ce cœur qu'il refusait d'écouter, de crainte de se rendre vulnérable, était son plus grand atout. Il l'avait vue nue, en larmes, furieuse et folle de joie. Au moment où ils s'étaient rencontrés, elle n'était pas au mieux de sa forme et lui avait assuré qu'il était de son côté. Il avait su lui faire confiance. Non seulement il méritait de connaître la vérité, mais il était capable de la supporter. Au vu des dernières semaines qu'ils avaient passées ensemble, elle en était sûre.

Dans la maison, on entonnait une nouvelle chanson, et Hadley pensa à la joie dans les yeux de Petra lorsqu'elle avait vu Sawyer se précipiter vers elle pour l'embrasser, et à l'expression d'Adelaïde lorsqu'elle s'était blottie dans les bras de Ted, une main sur son ventre de femme enceinte. Puis elle se pencha vers Ronan et dit :

— Quand j'ai commencé à travailler pour toi, je me connaissais à peine. Je cherchais la sécurité, le confort, l'indépendance. Je me serais battue bec et ongles pour ça. Seulement, avec toi, tout m'est venu si facilement que j'ai cessé de me battre pour tout le reste, de crainte de perdre ce que j'avais.

— Et que voulais-tu ? demanda Ronan.

Hadley leva la main vers son visage, caressa sa mâchoire virile et passa son pouce sur sa joue ombrée d'une barbe de trois jours. Puis, sans se soucier d'être vue, elle se pencha et posa ses lèvres sur les siennes. Il hésita brièvement avant de fermer les yeux et de l'embrasser profondément, comme un homme qui se noie. Il l'attira dans ses bras, comme s'il n'avait songé qu'à cela toute la soirée. Lorsqu'ils se séparèrent enfin à contrecœur, Hadley ouvrit les yeux et leurs souffles se mêlèrent dans l'air de la nuit.

— C'est ça que je voulais, déclara-t-elle simplement. Que j'ai toujours voulu. Mais le fait de désirer quelque chose sans jamais l'obtenir finit par vous user, or je ne veux pas me laisser abattre. Je veux... jardiner, voir des films et faire la grasse matinée le dimanche !

Elle s'était raconté beaucoup de mensonges pour éviter de reproduire les erreurs que sa mère avait commises. Une mère qu'elle aurait tant aimé retrouver et serrer une fois encore dans ses bras pour lui dire qu'elle l'aimait !

Émue aux larmes, elle reprit :

— Et je veux avoir une famille aussi, avec quelqu'un que j'aurai choisi et qui m'aura choisie, et à qui j'aurai fait la plus belle des promesses.

Elle prit une grande inspiration, puis dit enfin :

— Ce que je veux, c'est aimer. Et être aimée.

Contrairement à ce qu'elle avait redouté, le fait de dire ces mots à voix haute lui donna l'impression d'être invincible.

— Je suis tombée amoureuse de toi, Ronan, ajouta-t-elle spontanément. Et c'est pour cela que je dois partir.

Voilà, c'était tout. Après s'être débarrassée du fardeau qu'elle portait depuis si longtemps, elle se sentait légère, et avait l'impression de flotter dans les airs. Mais elle ne voulait pas s'envoler. Elle voulait que Ronan réagisse.

Il ne fit rien d'autre que de baisser légèrement la tête, comme pour méditer les paroles qu'elle venait de prononcer. C'était une réponse en soi, songea-t-elle avec amertume.

En un geste désespéré, elle tendit la main vers lui, agrippa sa chemise et le secoua doucement.

— Dis quelque chose, bon sang !

— Tu te trompes, dit-il. Sur mon compte. Je ne peux pas.

— Tu ne peux pas quoi, exactement ?

— Je ne peux pas, c'est tout.

Elle n'obtint rien d'autre de lui. Tandis qu'en arrière-plan leurs amis chantaient à tue-tête dans un joyeux vacarme, elle vit l'expression de Ronan se durcir, ses yeux s'assombrir. C'était comme s'il s'était transformé en statue de sel.

Qu'avait-elle cru ? Espéré ? Qu'il tomberait à genoux et lui déclarerait une flamme éternelle ? Il savait ce qu'elle ressentait, et depuis longtemps, même sans l'avoir jamais formulé. La tension sensuelle qui régnait entre eux, à la frontière du flirt et de la frustration, avait façonné leur relation. Et maintenant il ne « pouvait pas » ? Il ne pouvait pas l'aimer ? Mais pourquoi ? Qu'est-ce qui n'allait pas chez elle ?

Non, ce n'était pas ça. Elle avait été avec lui, vraiment. Et il la vénérait. Ce qu'il voulait dire, c'était qu'il ne pouvait pas l'aimer, car il n'en envisageait même pas la possibilité. Parce que cela signifierait qu'il avait cessé de se battre contre tous ses démons. Ce qui voulait dire, en clair, c'était qu'elle ne valait pas la peine qu'il essaie de changer pour elle. Les mains tremblantes, le cœur en miettes, elle recula d'un pas, puis d'un autre, s'éloignant de Ronan et du désir ardent qui l'habitait encore.

Car, malgré ses sentiments à fleur de peau, sa fierté restait intacte. Et elle était heureuse d'avoir osé franchir le pas, d'avoir cessé de se cacher, de se mentir. Et supplier Ronan ne lui enlèverait pas cela. Ronan était un homme brillant, qui s'était engagé à devenir meilleur. Sans elle. Mais malgré cet échec, elle poursuivrait sa quête. Parce qu'elle était la fille de sa mère, après tout : une indomptable.

— Joyeux Noël, Ronan, dit-elle avec sincérité. J'espère que tu obtiendras ce que tu veux.

Quand elle s'avança pour déposer un baiser sur sa joue, elle le sentit se rapprocher d'elle. Elle perçut la tension en lui, comme s'il luttait pour ne pas la serrer contre son cœur. Il s'autorisait certes à la désirer, mais ne croyait pas la mériter.

Une fois dans la maison, elle fit ses adieux dans un concert de protestations : « Non ! », « Reste ! », « Mais pourquoi ? » qui la bouleversa. Elle serra chacun dans ses bras, un peu plus fort qu'elle ne l'aurait fait d'habitude, puis sortit dans la nuit étouffante de la Saint-Jean. Sans plan, sans but, et avec elle-même pour seule compagnie.

Hadley s'était trompée sur son compte, songea Ronan. Elle avait tout faux. Il savait qu'il avait un cœur… mais un cœur meurtri et où régnait la plus grande confusion. Incompris dès son plus jeune âge, il avait très tôt refoulé ses véritables désirs pour correspondre à l'image que ses parents se faisaient de lui. Et il avait mis sous clé ce qu'il lui restait d'authenticité, de sincérité, d'amour, conservant juste assez d'empathie pour accomplir la mission qu'il s'était fixée. Dans sa vie, il n'y avait tout simplement pas de place pour quelqu'un d'autre. Pas assez de place pour Hadley, en tout cas, qui ne demandait pas grand-chose mais méritait le meilleur. Il s'était montré très égoïste en prenant tout ce qu'elle lui avait offert ces dernières semaines, sans rien donner en retour. Et dire que pendant tout ce temps, Hadley l'avait aimé ! Car c'étaient bien les mots qu'elle avait prononcés, n'est-ce pas ?

Plus il ressassait sa déclaration dans sa tête, plus elle lui paraissait irréelle.

Certes, elle l'attirait. Beaucoup. Durant toutes ces années, une compréhension, une amitié mutuelle s'était développée entre eux, aussi. Puis, plus récemment, ils étaient devenus… intimes. La vérité, c'était qu'il l'adorait. S'il devait être un survivant sur la planète Terre et choisir une seule personne pour l'accompagner, c'était elle qu'il choisirait.

Quand elle avait prononcé ces mots, l'autre soir, le temps s'était arrêté, et il avait senti une digue céder en lui. Mais était-il seulement capable d'aimer ? Sûrement pas, et elle devait le savoir aussi bien que lui...

— Salut...

Ronan sursauta sous l'effet de la surprise, puis il se retourna et vit Ted qui s'approchait de lui, les mains dans les poches, pieds nus sur le perron en bois. Ronan chassa la tension qui lui tiraillait les épaules, prit une profonde inspiration et parvint à dire :

— Salut...

— On m'envoie te demander si tu as l'intention de revenir à l'intérieur bientôt. Ou attends-tu le Père Noël ?

Ted se pencha pour regarder, par-dessus le toit, la lumière des étoiles qui se déversait sur la petite forêt près de la baie, créant une atmosphère de conte de fées.

Ronan répondit d'une voix rauque :

— Je pense qu'il vaut mieux que je rentre. Peux-tu m'excuser auprès d'Adelaïde ?

Ted lui lança un regard plein de compassion.

— Tu n'es pas d'humeur à chanter, maintenant qu'Hadley est partie ?

L'instinct de Ronan le poussa à botter en touche. Pour se protéger. Mais son armure était fissurée, car il s'entendit répondre :

— Quelque chose comme ça, oui.

— Mmm. Ça ne doit pas être facile pour toi, mon pote : Hadley est partie, moi je travaille à la maison, et Sawyer passe presque tout son temps avec Petra. Tu aurais pu nous compliquer la tâche, et, compte tenu du degré d'investissement que nous avons tous deux dans l'entreprise, tu en aurais eu le droit. Mais tu t'es montré grand prince – ce sont les mots d'Adélaïde, pas les miens. Et je t'en remercie.

Touché au cœur par les paroles de son ami, Ronan se tourna vers lui.

— Je suis désolé de t'avoir laissé tomber, dit encore Ted.

Ronan sursauta. Pensait-il vraiment cela ? Et Sawyer aussi ? Et Hadley ?

Il posa la main dans le dos de son vieil ami.

— Ted... La Big Think Corp. était mon rêve, tu le sais. Lorsque vous avez débarqué dans ma vie, Sawyer et toi, je vous ai entraînés dans cette aventure. J'ai eu de la chance de vous avoir à mes côtés durant toutes ces années...

Ted esquissa un sourire.

— Et nous sommes tous les deux ravis de t'avoir suivi. Sans toi, nous aurions mené tout au mieux des carrières médiocres.

Ronan réprima une grimace. En vérité, tout son corps le faisait souffrir, comme s'il avait attrapé une grippe soudaine.

— C'est très peu probable, mais merci de prétendre le contraire.

Le sourire de Ted s'élargit. Il connaissait sa valeur et savait que son travail l'aurait mené très loin, même sans ses deux amis. Tout comme Sawyer, d'ailleurs, qui aurait connu un insolent succès dans n'importe quel domaine. Tandis que lui...

D'instinct, Ronan aurait eu tendance à dire que son seul talent était d'avoir bien su s'entourer, et de former une équipe solide, mais les paroles d'Hadley l'avaient forcé à reconnaître qu'il était plus que la somme de toutes ces parties.

Ted tendit la main et la posa sur le dos de Ronan.

— Allez, rentre quand tu seras prêt. Et reste encore un peu. C'est agréable, de passer du temps ensemble.

Sur ces paroles, Ted se dirigea vers la maison et baissa la tête au moment de franchir la porte.

Ronan se sentait libéré, tout à coup, et il avait l'impression qu'on venait d'enlever un poids de ses épaules. Après les mots durs mais justes qu'il avait échangés avec Hadley, il se sentait vidé, à bout de forces. Mais il s'était déjà reconstruit par le passé, avec beaucoup moins que ça encore. Il pouvait recommencer. Tant qu'il restait fidèle à la promesse qu'il s'était faite jadis de protéger à tout prix ceux dont il avait la charge. Or, protéger Hadley signifiait l'amener à comprendre que l'aimer ne serait jamais dans son intérêt. Et c'était ce qu'il devrait s'efforcer de faire désormais.

10

La semaine suivante passa à la vitesse de l'éclair. Et le soir du grand bal vint tout aussi rapidement.

— Incroyable ! s'écria Jonas alors qu'ils faisaient leur entrée tous ensemble dans la salle de bal de l'hôtel Elysium.

Les invités n'allaient pas tarder à arriver, et toute la bande était là, à admirer le spectacle de lumières sur les murs, les plafonds et les sols - images mouvantes d'arbres, de sorcières et autres personnages fantastiques. Tandis qu'à leurs pieds un sentier de briques jaunes traversait la salle de bal et menait jusque sur la scène spécialement aménagée pour l'occasion, et décorée avec faste.

Une bouffée de satisfaction envahit Hadley, ravivant l'étincelle d'espoir qui subsistait encore en elle.

— Oh ! Hadley, c'est parfait ! déclara Petra, qui savait de quoi elle parlait, puisqu'elle était une spécialiste d'art de renommée mondiale.

— Venant de toi, ce n'est pas peu dire, dit Sawyer en attirant Petra à lui pour déposer un baiser dans ses cheveux.

— Je suppose que des mesures appropriées ont été prises pour s'assurer que personne n'aura le vertige ? demanda Ted, les yeux fixés sur les lumières qui dansaient sur les hauts plafonds dorés.

Adelaïde donna une petite tape à son mari.

— Arrête de faire le scientifique de service et apprécie simplement la beauté !

Kyle laissa échapper un rire moqueur.

— Bonne chance pour l'année prochaine, Jonas ! dit-il, avant d'entraîner le remplaçant d'Hadley pour une dernière vérification technique.

Les autres les suivirent et commencèrent à arpenter la salle de bal en admirant un peu plus en détail les décorations. Soulagée, Hadley laissa échapper un soupir. Depuis qu'elle était rentrée à Melbourne, le jour de Noël, elle était épuisée. Maintenant qu'il n'y avait plus rien à faire, elle se sentait envahie par une profonde nostalgie. Quand Ronan s'approcha d'elle, elle sentit un merveilleux frisson parcourir tout son corps, et sa voix rauque la toucha au cœur.

— Hadley ! C'est merveilleux…

— Merci…

C'étaient les premiers mots qu'elle lui adressait depuis le réveillon. Elle ne regrettait pas du tout de lui avoir dit ce qu'elle ressentait, au contraire : cela avait été une révélation pour elle aussi, et elle avait découvert à cette occasion une jeune femme combative, bien résolue, après avoir réussi à se faire une place au soleil, à trouver l'amour sans faire de concessions sur l'essentiel. Et c'était un vrai progrès. Pourtant, se remémorer cette soirée lui faisait mal. Sur ses gardes, elle se tourna vers lui. Son air dur la surprit, et elle le trouva tendu, tout comme elle. C'était comme si l'armure qu'elle avait crue sur le point de se fissurer s'était renforcée, au contraire. Mais ce n'était pas le moment de penser à Ronan ou à elle-même. Ce soir, il s'agissait de récolter des fonds pour financer des projets dont la Big Think Corp.

n'avait pu jusqu'alors que rêver. Tenant sa tablette devant elle comme un bouclier, elle déclara :

— Bon, c'est l'heure de faire le point. À l'heure actuelle, les dons ont déjà dépassé nos prévisions. Nous avons vendu plus de tables que toutes les années précédentes. Et lorsque la vente aux enchères aura lieu, je pense sincèrement que nous aurons établi un record de dons !

Ronan regarda enfin dans sa direction. Et lorsque ses yeux rencontrèrent les siens, elle vit qu'il luttait. Contre lui-même et contre ses démons. Contre son désir... Et, comme une digue qui se rompt, l'amour qu'elle éprouvait pour lui la submergea comme une déferlante. C'en était trop. Sans même prendre la peine d'inventer un prétexte, elle tourna simplement les talons et s'éloigna. Mais où aller ? Déjà, la foule se pressait devant la porte d'entrée, et elle avait encore un travail important à faire. Elle fit donc demi-tour, puis s'arrêta de nouveau.

Près d'elle, une voix douce retentit.

— Puis-je vous aider ?

Hadley s'aperçut alors qu'elle se tenait devant le vestiaire, et se remémora ce qu'il s'était passé – ou plutôt, avait failli se passer – durant le premier bal de la Big Think Corp., Ronan et elle, l'un tout contre l'autre dans le noir. Sa main sur sa poitrine, où elle avait perçu le battement effréné de son cœur – signe que son désir était partagé. Même dans la quasi-obscurité, elle avait senti son regard se poser sur sa bouche. Même s'il ne s'était rien passé entre eux, cet instant leur en avait fait entrevoir la possibilité. Cela avait été le point de bascule. Après ça, tout avait changé entre eux, et jamais leur désir ne les avait laissés en paix depuis lors.

— Hadley ?

Émergeant du brouillard de ses souvenirs, Hadley leva les yeux et découvrit Ronan, debout à quelques mètres d'elle, très élégant dans son smoking bleu marine. Lorsqu'il s'avança vers elle, le désir fusa dans son corps tout entier, en même temps qu'une irrépressible envie de fuir...

À moins que... qu'elle le laisse parler ? Peut-être avait-il juste besoin d'un peu de temps ?

Il fit un pas en avant.

— Hadley...

Sa voix était basse, son regard brûlant. Elle retint son souffle. Puis il tendit la main...

— Oh ! génial ! s'exclama une voix tout près d'eux.

L'un des jeunes photographes – tous recommandés par la petite sœur de Sawyer, Daisy – engagés pour couvrir l'événement s'élançait dans leur direction, son objectif braqué sur leurs visages. Et le charme de l'instant fut brisé.

— Attendez ! lança Hadley, qui avait besoin d'un moment pour se ressaisir.

Car ce n'était pas le magicien d'Oz, c'était la vraie vie. Le bûcheron de fer-blanc ne se transformerait pas d'un coup de baguette magique. Ronan resterait lui-même, et elle aussi.

— Il vaudrait mieux trouver Sawyer et Ted et faire une photo de groupe avant qu'ils n'aient taché leurs belles cravates ! suggéra-t-elle.

Elle jeta alors un coup d'œil machinal au nœud papillon de Ronan, et constata qu'il était de travers – très légèrement, mais tout de même. Elle sentit que Ronan retenait son souffle, comme s'il attendait qu'elle le touche. Qu'elle s'approche, se hisse à sa hauteur, effleure sa chemise et ajuste parfaitement son nœud papillon. C'était ainsi qu'elle procédait depuis des années.

En levant les yeux, elle le vit qui l'observait, un sourcil froncé. Puis elle se tourna vers le photographe.

— Non, finalement… Vous pouvez nous prendre tous les deux.

— Génial ! répondit le photographe. Rapprochez-vous ! Plus près…

Hadley sentit une onde de chaleur la parcourir lorsque la main de Ronan se posa sur ses reins.

— Et maintenant, souriez !

Pour une raison qu'elle ignorait, plutôt que de se forcer à sourire, Hadley leva les yeux vers Ronan, et le temps sembla suspendu…

Les non-dits, les occasions manquées, les « si » et les « mais » qui faisaient son quotidien depuis si longtemps lui parurent désormais si dérisoires qu'elle eut presque envie d'en rire.

Le photographe les félicita.

— Magnifique !

Puis il s'élança vers la salle de bal, tandis qu'un journaliste criait « Gerard ! » et venait saluer Ronan. Hadley regarda s'ouvrir les grandes portes à double battant de la salle de bal, et les premiers invités déferlèrent dans un tourbillon de paillettes, de bijoux et de cravates noires.

Hadley et Ronan se séparèrent et le grand bal commença. Le reste de la soirée se déroula comme dans un rêve, jusqu'à ce qu'il ne reste plus que quelques minutes avant la vente aux enchères du célibataire à un milliard de dollars. Le bouquet final… Le dernier défi d'Hadley.

Comme elle consultait le montant des dons sur sa tablette, un nœud se forma dans sa gorge : au cours de la dernière demi-heure, ils avaient atteint l'objectif qu'elle avait fixé et l'avaient même dépassé de plus d'un million de dollars ! En faisant défiler les listes de donateurs – la plupart anonymes, d'autres non – elle s'arrêta sur un nom en particulier. Elle chercha Ronan du regard et le trouva aussitôt, comme mue par un instinct infaillible. Par miracle, il était seul, debout près du buffet. Alors qu'elle avait réussi à l'éviter pendant une bonne partie de la soirée, c'était désormais impossible.

— Ronan…

Il se retourna et, le cœur battant la chamade, Hadley lui tendit la tablette. Lorsqu'il vit s'afficher la somme récoltée, il écarquilla les yeux.

— Sérieusement ?

Elle acquiesça, un sourire radieux aux lèvres. Un sourire qui se mua en rire lorsqu'il l'attrapa soudain, la souleva et la fit tournoyer sur elle-même. Ceux qui se trouvaient à proximité leur jetèrent des regards étonnés. Ronan ralentit, Hadley s'accrocha à son cou et, quand ses talons touchèrent le sol, leurs regards se rivèrent l'un à l'autre.

Hadley fut la première à se libérer.

— Il y a une chose que tu dois savoir. Le don le plus généreux de toute la soirée, c'est ton père qui l'a fait.

Ronan se recula comme si elle l'avait giflé.

— Comment ça ? Non, ce n'est pas possible !

— Si, regarde…

Elle lui montra le nom qui figurait dans la colonne de droite : Constantin Gerard & Associés. Soudain, Ronan se mit à scruter la foule, comme s'il cherchait un danger caché.

— Je ne peux pas accepter ça, Hadley.

— Si, tu peux…

Hadley lui prit le bras, et le serra jusqu'à ce qu'il se tourne vers elle.

— Il le faut, Ronan.

— Mais pourquoi ? demanda-t-il. Pourquoi maintenant ?

— Et si c'était un rameau d'olivier ? Une façon de présenter ses excuses ? De te dire enfin qu'il reconnaît la valeur de ce que tu fais ? La seule façon de le savoir, c'est peut-être de lui demander.

Il était tout aussi probable que Constantin Gerard se moque de son fils, comme il l'avait toujours fait, mais ce n'était pas la question. Pour Ronan, il s'agissait de faire la paix avec son père, avec son passé pour pouvoir aller de l'avant. Peut-être alors pourrait-il enfin s'autoriser à aimer. Mais pas avant de s'aimer lui-même.

Hadley prit sa main. Aussitôt, il mêla ses doigts aux siens.

— Tu n'es pas comme ton père, Ronan.

— Je sais...

— Si tu en es convaincu, alors tu sais aussi que cet argent dépasse tout cela. Prends-le et dépense-le pour une bonne cause. Parce que tu en as le pouvoir...

L'orchestre entama un air et Hadley vit des couples s'avancer vers la piste de danse, les yeux levés vers le ciel, riant et applaudissant tandis que le jeu de lumières changeait et qu'une pluie d'étincelles s'abattait sur les tables...

Lorsqu'elle se retourna, ce fut pour trouver Ronan qui regardait leurs mains jointes.

— Me ferais-tu l'honneur de m'accorder cette danse ? demanda-t-il.

— Mais... et le don ?

— Il sera utilisé à bon escient, comme tu l'as proposé à juste titre. Maintenant, oublie un peu le boulot et danse avec moi. Profite de la merveilleuse soirée que tu as organisée.

Elle acquiesça et laissa Ronan l'attirer encore plus près de lui et l'entraîner vers la piste de danse. Là, les yeux mi-clos, elle s'abandonna à la musique et à la douce étreinte de l'homme qu'elle aimait.

Une salve d'applaudissements la ramena à l'instant présent, et elle constata qu'ils ondulaient encore alors que tout le monde se tournait face à la scène pour acclamer le maître de cérémonie qui grimpait quelques marches. Puis sa voix veloutée résonna dans le micro.

— Voici venu le moment que nous attendons tous : celui de la vente aux enchères des fondateurs !

La foule, nimbée dans une lumière tamisée, un peu étourdie par la bonne chère par les excellents vins, se leva, applaudit à tout rompre, puis se rassit.

— Hadley, souffla Ronan, à toi de jouer, maintenant. Fais-leur un beau numéro de charme pour les inciter à ouvrir leur portefeuille. Fais-le pour la Big Think Corp.

Ronan se tourna vers Ted et Sawyer qui, un peu mal à l'aise, se levaient et se préparaient à monter sur scène.

Une dernière fois, Hadley regarda la chevelure brune, la mâchoire forte, les yeux bleus qu'elle aimait tant, et ces larges épaules faites pour porter le monde entier. Elle aimait cet homme. Elle l'aimait depuis très longtemps. Mais ce qu'elle avait compris ces dernières semaines, c'était qu'elle voulait être aimée avec la même intensité, la même évidence, la même constance. Il n'y avait pas de demi-mesure. Et si Ronan ne pouvait pas lui donner cela, alors elle devait le laisser partir.

— Vas-y, toi, dit-elle en le poussant légèrement en avant.

Il se retourna, la gratifia une dernière fois d'un regard farouche, puis la foule l'engloutit et il se laissa porter jusqu'à la scène sous les ovations de ses invités.

Hadley tourna les talons, et, dans sa bulle, elle oublia la musique, les gens, les rires alors qu'elle se dirigeait vers la sortie. Elle envoya un rapide texto à Adelaïde et Petra pour leur faire savoir qu'elle allait bien et leur souhaiter à toutes deux une bonne année, puis elle passa devant le vestiaire, franchit les grandes portes de l'hôtel et s'enfonça dans la nuit.

La tradition, chez les hommes de la Big Think Corp., était de passer le lendemain du bal – c'est-à-dire le premier jour de l'année –à bord du Candy, le yacht de l'entreprise. C'était l'occasion de se détendre et de réfléchir à l'année écoulée, avant d'en entamer une nouvelle avec des objectifs plus ambitieux que jamais. C'était aussi l'une des nombreuses traditions qui avaient été récemment abandonnées, car Ted et Sawyer avaient désormais d'autres priorités. Ce fut donc avec une certaine surprise que Ronan entendit frapper à sa porte de sa cabine, dès l'aube. C'était Sawyer.

— Ouf ! Tu es là. Je craignais que tu n'aies fini la nuit dans nos locaux.

C'était normal, pensa Ronan, puisqu'il s'y était aménagé un pied-à-terre. Mais passer la nuit dans la tour, alors qu'Hadley était partie sans même dire au revoir ? Il n'en avait pas eu la moindre envie, préférant se réfugier sur son bateau.

Quelques instants plus tard, Sawyer prit la barre, et Ted, qui l'accompagnait, s'allongea sur le canapé qui couvrait presque toute la longueur de la cabine, pour tenter de soigner sa gueule de bois…

Ronan, quant à lui, se tenait droit, les yeux rivés vers le large. Comme s'il n'était pas là, Sawyer, après avoir jeté l'ancre, demanda à Ted :

— Depuis combien de temps est-il comme ça ?

— Un certain temps...

— Tu crois qu'il est déprimé ?

— Je ne suis pas déprimé ! gronda Ronan en se retournant vers Sawyer qui, adossé au bar, l'observait, les bras croisés.

— D'accord. Alors tu fais cette tête comme ça, sans aucune raison ? demanda Ted en scrutant son visage.

— Et encore, tu es poli ! renchérit Sawyer.

Ronan jeta un coup d'œil par les hublots, tout en se demandant combien de temps il lui faudrait pour regagner la terre ferme à la nage, avant de s'apercevoir qu'on ne voyait plus la terre. Sawyer prit trois bouteilles d'une mixture verte estampillée « détox » dans le réfrigérateur, les posa sur une table triangulaire et prit place dans un angle, laissant les deux autres libres pour ses amis. Puis il leva son verre, bientôt imité par Ted et Ronan, qui le rejoignirent.

— Alors, buvons à une année de folie !

— Plusieurs années de folie, tu veux dire ! souligna Ted.

Ronan grimaça en goûtant la boisson, tandis que Ted laissait échapper un gémissement et que Sawyer se prenait la tête dans les mains.

— D'accord, dit Sawyer. Le moment me paraît bien choisi enfin pour parler du sujet qui fâche...

Pourvu qu'il ne pense pas à Hadley ! gémit Ronan dans sa tête. *S'il te plaît, Sawyer, ne parle pas d'elle !*

Il fut exaucé, car son ami évoqua l'entreprise.

— Cela fait un moment que nous nous demandons si notre *business model* initial est encore viable. Mais la vérité, c'est que tu travailles beaucoup trop !

Ronan ne nia pas. Comment l'aurait-il pu ? Il était épuisé – émotionnellement, physiquement et psychologiquement.

Il avait été tellement sollicité qu'il avait laissé lui filer entre les doigts la meilleure chose qui lui soit jamais arrivée. Il aurait dû refuser la démission d'Hadley dès qu'elle l'avait proposée. Tuer dans l'œuf cette idée ridicule. Au lieu de cela, ils avaient laissé le piège se refermer sur eux. Lundi matin, elle ne serait plus là, ni le lendemain, ni jamais...

— La Big Think Corp. appartient à chacun d'entre nous, répliqua-t-il, et il en sera toujours ainsi.

— En effet, déclara Sawyer. Mais tu dois t'accorder le même répit que celui que tu nous as offert. Tu as besoin de temps, et d'espace pour te construire une vie en dehors de l'entreprise. Ce que tu fais est important, mais tu l'es aussi, tu sais...

Ronan acquiesça.

— Tu as raison, dit-il.

Car la Big Think Corp., plus qu'une entreprise, était une communauté, un réseau fondé sur l'amitié, la famille qu'il avait choisie. Et il se devait de donner à chacun de ses membres les meilleures chances de s'accomplir, de briller, à sa manière. Ses amis avaient saisi cette chance tandis que lui, délibérément ou par la force des choses, était resté en retrait.

Hadley...

— Qu'est-ce que tu dis ? demanda Ted.

Ronan sursauta. Avait-il parlé tout haut sans s'en apercevoir ?

Il regarda Sawyer et le vit sourire, comme pour le mettre en confiance.

— J'ai cru entendre « Hadley », répondit Ted en hochant la tête.

Sawyer se tourna vers lui et, une nouvelle fois, fit mine d'ignorer la présence de Ronan.

— C'est à cause d'elle qu'il a l'air si malheureux, tu crois ?

Hadley n'était pas cofondatrice de l'entreprise, mais elle faisait partie du tout premier cercle. Si Ronan était l'âme de l'entreprise, Ted la tête et Sawyer les jambes, Hadley en était le cœur. Un cœur qui battait, régulier comme une horloge, sans jamais faiblir...

Plus que son assistante, elle était son égale. Son âme sœur. Et il la respectait, l'adorait... Il la désirait tant que ç'en était presque douloureux. Mais au lieu de lui dire tout cela, il n'avait fait que se punir, et la punir, alors qu'il n'avait jamais rien désiré d'autre qu'elle à ses côtés jour et nuit... Hélas, il était si terrifié à l'idée de montrer une quelconque faille dans sa fameuse armure qu'il n'avait rien dit. Et maintenant, il était trop tard !

— Hadley m'aime, murmura-t-il.

Sur sa langue, ces mots étaient comme une goutte d'eau pour un homme assoiffé.

— Tu crois ?

— Elle me l'a dit.

Surpris, Sawyer leva les yeux vers lui.

— Ah oui ? Et qu'est-ce que tu as répondu ?

— Rien.

— Comment ça, rien ? insista Sawyer.

Puis il s'assit et se frappa la tempe avec l'index.

— Comment un type aussi intelligent que toi peut-il être aussi stupide ?

Ronan se posait la même question, mais une sensation de clarté l'envahit enfin, comme un nuage qui se dissipe au-dessus d'une mer apaisée. Elle n'était pas partie parce qu'elle l'aimait, mais parce qu'elle doutait qu'il accepte un jour qu'il partage ses sentiments. L'idée même de connaître Hadley et de ne pas l'aimer lui paraissait désormais totalement incongrue. Ronan avait passé la majeure partie de sa vie d'adulte à croire qu'il était animé par la volonté de ne pas ressembler à son père. Il s'était torturé pour mener à bien sa mission, sans se rendre compte qu'il y était parvenu avant même d'avoir essayé.

Il se leva d'un bond.

— Bon sang !

— Est-ce qu'il va bien ? demanda Ted à Sawyer.

— Ça va aller, déclara ce dernier.

— Tu crois qu'on devrait faire quelque chose ? suggéra Ted, inquiet.

— Comme quoi, par exemple ? répliqua Sawyer, d'un ton beaucoup plus enjoué. Lui poser une compresse froide sur la nuque ?

Soudain, comme s'il venait d'être frappé par la foudre, Ronan déclara :

— Je suis amoureux d'Hadley, moi aussi.

— Ça, on le savait déjà, souligna Ted, tandis que Sawyer lui faisait signe de se taire.

— C'est pour cela que je restais au travail si tard, tout le temps. Elle est partie parce que si elle continuait à travailler pour moi, notre histoire était condamnée. Elle a démissionné pour que…

Pour qu'ils puissent être ensemble ! Ce qui était très injuste pour elle. Pourquoi n'était-ce pas lui qui partait ? Il ne pouvait pas, parce que c'était son entreprise, mais c'était aussi celle d'Hadley, dans le fond.

— Tu as fini ? demanda Sawyer. Tu redescends sur terre ?

— Hmm ? Oui. En fait, je crois que j'ai une solution.

Sawyer se leva.

— Super ! dit-il avec une grimace, car sa vieille blessure à la jambe se manifestait de nouveau.

Puis il monta sur le pont, leva l'ancre, et ils partirent en direction de la côte.

— On ne peut pas aller plus vite ? cria Ronan contre le vent qui faisait tanguer l'embarcation.

Maintenant qu'il savait ce qu'il devait faire, il ne pouvait plus attendre. Il se rendit d'abord à son bureau, afin d'y mettre de l'ordre. Il ne voulait rien laisser au hasard. Ses pas le menèrent jusqu'à la salle de réunion, mais il s'arrêta net dans l'embrasure de la porte. Car Hadley était assise sur son fauteuil, en bout de table. Elle n'était pas maquillée, et semblait perdue dans la contemplation du paysage urbain qu'offrait la grande baie vitrée. Un gros carton était posé près d'elle. Dès qu'il la vit, il sentit son cœur s'emballer. Combien de temps allait-il tenir sans tomber à genoux devant elle ?

Et pourtant Ronan ne bougea pas. Il osait à peine respirer, ou même cligner des yeux de crainte de faire disparaître cette charmante apparition.

Tout à coup, elle se redressa et s'essuya furtivement les yeux. Avait-elle pleuré ?

— Hadley...

— Je suis désolée, Ronan. Comme je pensais que personne n'était là, je suis entrée pour récupérer quelques affaires. J'ai presque fini...

— Il n'y a pas de problème, dit-il d'un ton calme.

Il ne voulait surtout pas tout gâcher ! Hélas, il avait déjà prouvé qu'il en était capable.

— Prends ton temps. Vraiment.

— Qu'est-ce que tu fais ici ? demanda-t-elle.

— J'avais des affaires assez importantes à régler.

— Oh... dit-elle d'un ton faussement détaché.

Elle faisait mine de s'en moquer, mais il voyait bien qu'elle avait envie de savoir. Parce que ses affaires étaient les affaires d'Hadley, depuis le jour même où elle était entrée dans ce vieil entrepôt en le priant de lui donner une chance.

Il fouilla dans la poche arrière de son jean et en sortit le document manuscrit qu'il venait de rédiger puis d'envoyer à leur avocat, et le fit glisser sur le bureau.

— Qu'est-ce que c'est ? demanda-t-elle en se penchant pour regarder l'enveloppe, mais sans la toucher, comme si elle craignait qu'elle n'explose.

— Il s'agit d'un accord de partenariat. Continue... Lis-le.

Elle l'observa un moment, puis la curiosité l'emporta. Elle ouvrit l'enveloppe et se mit à lire. Dans ce contrat, Ted, Sawyer et Ronan s'engageaient à lui céder un quart des parts de la société. Avec ses associés, Ronan s'était mis d'accord, sans réserve, pour renoncer à un pourcentage de ses propres actions au bénéfice d'Hadley, ainsi que pour lui verser des dividendes à titre rétroactif.

Il attendit qu'elle assimile cette information. Il n'était pas pressé et, pour elle, il attendrait aussi longtemps qu'il le faudrait. Lorsqu'elle releva la tête, son regard brillait, à la fois incrédule et confus.

— Je ne comprends pas... Pourquoi ? demanda-t-elle simplement.

Il fit un pas vers elle.

— Pourquoi cette offre ? Parce que la Big Think Corp. n'était pas aussi prospère avant ton arrivée. C'était une entreprise pleine de talents prometteurs, de personnes audacieuses... Puis tu as commencé à travailler avec nous et, tout de suite, tu as su exactement ce dont nous avions besoin pour unir nos énergies. Tu as apporté de la force à notre projet. Et sans cela, sans toi, nous n'aurions peut-être jamais trouvé le moyen de sortir de cet entrepôt de Richmond.

Il prit une profonde inspiration pour se donner le courage de continuer.

— Pourquoi maintenant ? Parce que je me suis rendu compte que durant ces dernières années, j'avais oublié de te montrer à quel point je t'appréciais, ce qui est impardonnable et injuste, car tu vois tout, tu sais tout de moi.

— Tout ? répéta-t-elle, le rose aux joues, en serrant le document dans ses mains.

Lorsqu'elle s'aperçut que les feuilles étaient froissées, elle s'empressa de les lisser, ce qui donna à Ronan un regain d'espoir. Ce n'était pas un « oui » immédiat, mais ce n'était peut-être pas un « non » définitif.

— Tu devines chacune de mes pensées, chacun de mes désirs secrets. Tu sais quand tu me mets en colère, quand tu vas trop loin, mais tu fais tout pour faire de moi un homme meilleur. Mais pendant toutes ces années, je n'ai pas pu te déclarer ma flamme, t'avouer que je rêvais de toi. J'aurais aimé que nous nous soyons rencontrés dans d'autres circonstances afin de pouvoir t'inviter à sortir avec moi, apprendre à te connaître autour d'un verre de vin, te ramener à la maison et t'embrasser sous ton porche. Comme le font les gens normaux.

Un petit son s'échappa de sa bouche, mi-sanglot et

mi-soupir. Il l'avait mise à rude épreuve, mais elle était encore capable de réfléchir et de prendre une décision. Elle baissa les yeux sur le document.

— Cette offre...

— ... est sans conditions, coupa-t-il. Nous sommes tous d'accord. Nous pensons tous qu'il est plus que temps de te récompenser.

Ronan se força à s'arrêter alors qu'elle était juste hors de portée, même s'il avait une folle envie de la toucher. Mais il refusait de mêler les affaires et les sentiments.

— Qu'en dis-tu ? demanda-t-il, alors que son cœur semblait battre dans sa gorge.

— Que c'est cuit pour ma retraite anticipée ! marmonna-t-elle, une lueur malicieuse dans ses yeux noirs.

Ronan éclata de rire, soulagé, et Hadley se joignit à lui. Mais très vite, leurs rires se turent, faisant place à un silence tendu. Quand ils se regardèrent, ce fut comme s'ils se rendaient soudain compte qu'ils étaient seuls dans la pièce.

Hadley cligna les yeux. Puis elle fit un pas dans sa direction, le premier depuis qu'il était entré dans la salle. Un autre pas suivit, et un autre. Ensuite, elle leva la main et la posa sur sa poitrine.

Sans dire un mot, il mêla ses doigts autour des siens, avant de porter sa paume à sa bouche et d'y déposer un baiser. La tête renversée en arrière, elle laissa échapper un long soupir.

— Hadley... Regarde-moi.

Elle fit alors quelque chose d'inhabituel : sans poser de question, elle lui obéit, et il lut dans ses yeux tout l'amour qu'elle avait pour lui. Comment avait-il pu ne pas le voir auparavant ? L'avait-elle si bien caché, ou avait-il été trop têtu, trop effrayé, pour rester lucide ?

— Je vais te dire quelque chose, maintenant, souffla-t-il. Et je veux que tu me promettes, à l'avance, de me pardonner si c'est maladroit, parce que je fonctionne à l'instinct. D'accord ?

Elle secoua la tête.

— Je ne fais pas de telles promesses...

Il grimaça. Elle était bien trop avisée pour cela. Il poursuivit quand même.

— Je t'aime, Hadley Moreau.

Elle cessa de secouer la tête et écarquilla les yeux.

— Je me souviens très bien du jour où tu es entrée dans mon bureau, reprit-il avec un sourire attendri : jean skinny, Doc Martens, plusieurs boucles à la même oreille. Tu m'as presque mis au défi de refuser ta candidature... Ce n'est pas seulement ton visage de sirène qui m'a séduit, ce jour-là, ni même ton cœur ardent, passionné. Non, c'est la façon dont tu as refusé de te laisser impressionner par mes associés et moi-même. Comme si nous devions d'abord gagner ton respect. C'était exactement ce dont j'avais besoin avant même d'en avoir moi-même conscience.

En voyant Hadley sourire, il reprit son souffle.

— Mais il y avait eu cette horrible histoire avec mon père...

— Tu sais ce que j'en pense.

— En effet. Mais il m'a fallu beaucoup de temps pour l'accepter. Probablement parce que, à chaque conversation que nous avons eue à partir de ce jour, je pouvais entendre mon cœur bondir dans ma poitrine à chaque fois que tu t'approchais. Je savais à quel point nous étions chanceux de t'avoir embauchée. J'ai donc choisi de confier ces sentiments nouveaux pour moi à un homme qui s'enorgueillissait de savoir se contenir.

— Ronan, je...

Il posa un doigt sur sa bouche.

— J'ai presque fini.

Hadley tremblait, maintenant. Ou peut-être était-ce lui ? Quoi qu'il en soit, tant qu'ils se soutiendraient l'un l'autre, il savait qu'ils s'en sortiraient.

— Puis, au Big D Motel, il s'est passé ce que je n'aurais jamais cru possible. J'ai pourtant cru que j'allais te perdre...

Il secoua la tête.

— Je n'ai jamais prétendu être très doué pour l'amour. En fait, je dirais volontiers qu'en matière de relations je suis un cancre complet. Je suis désolé qu'il m'ait fallu si longtemps pour admettre ce que je ressentais, ce que je ressens, à ton égard.

Il prit son beau visage en coupe.

— Je t'aime, Hadley Moreau. Je t'aime depuis si longtemps ! Et si je n'arrive pas trop tard, si je n'ai pas perdu totalement ta confiance, eh bien...

Hadley agrippa sa chemise, puis, les bras noués autour de son cou, l'attira à elle et l'embrassa fougueusement. Ronan sut tout de suite qu'il était perdu : il n'aimerait jamais personne comme il l'aimait. Il lui appartenait, corps et âme. Pour toujours.

— Épouse-moi, Hadley...

Elle se cabra et eut un rire gêné, comme si elle ne le prenait pas au sérieux.

Alors, il répéta :

— Épouse-moi...

Elle sourit, puis montra le morceau de papier qu'elle tenait toujours dans sa main.

— Comment puis-je savoir que tu ne veux pas m'épouser seulement pour mon argent ?

Ronan l'attira plus près de lui, les yeux voilés par le désir.

— Tu ne pourras jamais le savoir. C'est un risque à prendre, affirma-t-il.

Elle sourit. Enfin ils étaient sur la même longueur d'onde. Synchronisés…

— Je suis à toi, si tu veux bien de moi, dit Ronan d'un ton solennel. À toi de faire en sorte que je ne me repose jamais sur mes lauriers. Fais de moi ce que tu veux.

Plissant les yeux, elle se pencha en arrière, dans un geste d'abandon total. Et son sourire était comme une flèche qui se plantait dans son cœur maintenant totalement libéré.

— Alors, qui va dire à Jonas qu'il doit quitter mon bureau ? demanda-t-elle, non sans ironie.

— Je m'en remets à toi…

— D'accord, mais je le garde pour moi, ce qui veut dire que tu vas devoir te trouver un autre assistant.

Il posa sur elle un regard contrarié.

— Ah bon ?

— Tu regrettes déjà ton offre ? demanda-t-elle.

— Pas du tout ! lui assura-t-il.

Elle se lova contre lui, et ses frissons cessèrent aussitôt. Elle se sentait forte, puissante, irrésistible.

— Cela signifie-t-il que tu acceptes mon offre ?

— Oui.

— Et tu reviens travailler à la Big Think Corp. ?

— Oui. Mais pas seulement parce que vous m'avez cédé des parts de votre entreprise, dit-elle, en glissant ses doigts dans ses cheveux.

— Ce n'est pas pour cela que j'ai accepté de te céder des parts.

Il se pencha et l'embrassa pour sceller leur accord.

— Je t'aime, Ronan, dit-elle simplement lorsqu'elle reprit son souffle.

— Je t'aime encore plus.

— Impossible...

Épilogue

— Reviens, chuchota Hadley en prenant Ronan par la main, avant de l'entraîner dans la pièce la plus proche qui se trouvait être un vestiaire.

Il ne protesta pas. En fait, il se plaignait rarement ces derniers temps. Avoir cette femme dans sa vie était merveilleux. Dans la pénombre du vestiaire, les pensées se bousculèrent dans son esprit : la première fois qu'ils avaient failli s'embrasser, c'était dans un espace restreint comme celui-ci. La tradition voulait qu'un futur mari ne voie pas sa fiancée le jour de leur mariage – du moins, pas avant la cérémonie… Or c'était le jour de la cérémonie, alors que faisaient-ils ensemble ?

Très vite, il oublia cette pensée importune et la serra contre lui. Mais elle eut un mouvement de recul et fixa sa cravate : le nœud était de travers.

Comme elle tendait la main pour le rectifier, il murmura tout contre sa bouche :

— Il ne t'est jamais venu à l'esprit que je pouvais être tout à fait capable de nouer ma cravate tout seul ? Et que je te laissais faire juste pour le plaisir de te sentir près de moi ?

Les mains d'Hadley s'immobilisèrent, et elle le fusilla du regard.

— C'est vrai ?

Dans un rire, Ronan la plaqua contre la porte et l'embrassa. Lorsque ses yeux retrouvèrent les siens, ils étaient étincelants.

— Tu es un vrai voyou ! dit-elle.

— Et toi, un tyran ! répliqua-t-il.

— Mais c'est ce que tu aimes chez moi, non ?

Alors qu'elle s'abandonnait entre ses bras, on frappa.

— Eh, vous deux ! lança la voix de Sawyer, dans le couloir. Les invités commencent à s'impatienter. Nous devrions peut-être commencer la cérémonie...

Hadley se mordit la lèvre, puis répondit :

— J'arrive !

— Pas tout de suite... souffla Ronan en la pressant contre lui.

Elle le repoussa à contrecœur.

— Nous avons plus urgent à faire pour l'instant, tu ne crois pas ?

Ronan se ressaisit.

— Ah oui, c'est vrai ! Il faut nous marier ! dit-il avant de poser sur ses lèvres un long et langoureux baiser.

Vous avez aimé ce roman ?
Retrouvez en numérique l'intégrale de votre série
« Célibataires en sursis » :

1. *Une tendre aventure*
2. *Le serment du milliardaire*
3. *Une assistante trop séduisante*

d'o[illegible]
être [illegible]
indiquan[illegible]
Pour les [illegible]